KB114707

虹日
長貫

장홍관일

월인 新무협 판타지 소설

FANTASTIC ORIENTAL HEROES

장흥관일 8

월인 新무협 판타지 소설

초판 1쇄 찍은 날 § 2011년 10월 5일
초판 1쇄 펴낸 날 § 2011년 10월 12일

지은이 § 월인
펴낸이 § 서경석

편집부장 § 권태완
편집책임 § 주소영

펴낸곳 § 도서출판 청어람
등록번호 § 제1081-1-89호
등록일자 § 1999. 5. 31
어람번호 § 제2-2160호

주소 § 경기도 부천시 원미구 심곡2동 163-2 서경B/D 3F (우) 420-822
전화 § 032-656-4452팩스 § 032-656-4453
http://www.chungeoram.com
E-mail § chungeoram@chungeoram.com

ISBN 978-89-251-2646-3 04810
ISBN 978-89-251-2064-5 (세트)

8

해를 꿰뚫는 무지개

[완결]

장홍관일

長虹貫日

월인 新무협 판타지 소설

FANTASTIC ORIENTAL HEROES

目次

第八十五章

맞불작전

장흥관일

쪼로롱―

　종달새 울음소리가 계곡의 시냇물 소리만큼 맑게 울려 퍼졌다.

　계절의 변환은 한 치 흐트러짐 없이 순행하고 있는 반면, 중원 무림은 온통 혼란에 휩싸여 가고 있었다.

　―마도가 창궐했다!

　봄이 무르익어 가며 온 중원을 뒤덮은 소문이었다.

　어디에서부터 시작되었는지는 모르겠지만 그 소문은 중원 곳곳에서 동시에 생겨나 들불처럼 빠르게 번져 나갔다.

―지금까지 흑도문파들과 녹림, 장강수로타가 일으킨 혼란의 배후는 바로 마교였다.

―무황성에 의해 마련 총단은 무너졌지만 그 핵심 잔당들은 고스란히 살아남아 중원으로 숨어들어 그곳에 뿌리를 내리고 있는 마교도들과 합세하여 복수의 칼을 갈다가 흑도와 녹림, 장강수로타를 점령하여 온 중원에 피바람을 일으키려 한다.

소문의 요지는 그러했다.

너무나 갑작스럽고 위험한 소문이었기에 사람들은 소문의 진위 여부는 상관없이 온통 혼란한 마음을 가누지 못했다.

마교!

악의 대명사였으며, 지난 수백 년 동안 중원을 피로 물들인 반인반수에 괴물들의 집단으로 모든 사람들의 뇌리에 각인되어 있었다.

그런 마교가 부활하여 중원의 모든 흑도를 장악하고 정파를 피로 물들이려 한다는 소문은 세 살 먹은 아이들도 울다가 울음을 뚝 그치게 만들었다.

그러나 아직 아무도 마교도들을 보지 못했고 마교도가 극악무도한 마공을 펼치는 것 또한 어느 곳에서도 보지 못했기에 오로지 추측성 소문으로만 퍼져 나갔다.

추측만으로 이루어진 소문은 그 생명이 짧을 수밖에 없다. 그런 연유로 그 소문이 힘을 잃어갈 즈음, 하북팽가에 괴한들이 침입했다.

언제나 중원 십대세가의 반열에 들던 하북팽가!

그 가문에 침입한 괴한들은 불문곡직하고 팽가의 문인들을 공격했다. 그리고 그들 괴인들이 펼치는 무공은 패악무도하고 잔인했다.

그 공격에 하북팽가의 식솔들은 수십 명이 죽거나 다쳤다.

가주 역시 부상을 입었고 가주의 동생인 팽소강은 끔찍한 내상과 함께 절명하고 말았다.

팽소강의 상처를 조사한 하북팽가 및 다른 문파의 사람들은 그것이 하나같이 마도의 혈염마장(血炎魔掌)이라고 했다.

혈염마장은 격중당하면 혈관 속의 피가 끓어올라 결국에는 혈관이 모두 터져 나가며 처참하게 죽어가는 마교의 패도무공이었다.

그런 무공에 십대세가의 하나인 하북팽가 가주의 동생이 당해서 죽었으니 마교의 부활은 기정사실이 되었고 이젠 누구도 그 사실을 믿지 않는 사람이 없었다.

그 와중에 더 암울한 소문 한 가지가 추가되었다.

백도 제일성인 무황성의 성주 단목상군이 장로들이 일으킨 반란을 수습하는 과정에서 큰 부상을 입고 자리보전을 하고 있다는 소문이었다.

그로 인해 마도가 아무리 날뛰더라도 무황성이 나서서 예전에 마련을 쓸어버리듯 모두 쓸어버리면 걱정할 것이 없다는 믿음마저 무너져 버렸다.

그건 마도의 창궐이라는 소문보다 더 가슴을 답답하게 했다.

연속으로 들려오는 그런 불길한 소문에 사람들은 봄이 깊어도 봄을 느끼지 못하고 전전긍긍 하루하루를 보내고 있었다.

"혈염마장이라고?"

파황문 총단의 한 실내에서 복지강이 어이없는 표정을 하며 목소리를 높였다.

너무 기가 막히는지 그 목소리는 고함에 가까웠다.

"혈염마장은 우리도 아직 익히지 못했는데 어떤 놈들이 그걸 펼쳤단 말인가?"

구현목도 헛웃음을 토했다.

혈염마장이라면 마교의 진산절학 중의 하나였다. 또한 지금은 거의 실전된 것이나 마찬가지였다.

그것은 혈염공이라는 심공을 익혀야 제대로 펼칠 수 있는데 그 심공은 천마동에 봉인되어 있는 것이다.

"대체 그놈들이 어떻게 혈염공을 익혔단 말이지?"

호찬성이 의혹을 이기지 못하는 표정과 함께 말했다.

"혹시 우리도 모르는 또 다른 마교가 등장한 것이 아닐까요, 형님?"

관동문이 언뜻 기대감이 어린 눈으로 복지강을 쳐다보았다.

"이 사람아! 지금이 농담할 때인가!"

복지강이 버럭 고함을 질렀다.

"하도 기가 막히니 하는 소리 아닙니까."

관동문이 자라목을 하며 투덜거렸다.

'교활한 놈들!'

옆에서 듣고 있던 무영은 차가운 눈으로 허공을 응시했다.

마교의 준동!

그것은 무황성주와 외밀원주 요화극의 작품이 분명했다.

놈들은 흑도를 마교로 몰아 세상을 두 쪽으로 양분하여 대혼란을 일으키려 하고 있었다.

그냥 흑도의 무리들이 정파의 영역을 침범하려 한다는 소문은 그래도 조금은 여유를 가질 수가 있었다. 흑도가 아무리 설쳐도 정파의 고수들이 본격적으로 나서면 추풍낙엽이 될 수밖에 없다는 자신감이 있었다.

그러나 마교라면?

그리고 그들이 중원의 흑도를 모두 점령하고 중원 복판으로 쳐들어온다면?

발등의 불이 아니라 온몸에 불덩이가 번진 격이다.

그런 와중에 곳곳에서 정체불명의 놈들이 마공으로 보이는 무공을 펼치며 설친다면 흑도와 백도의 전쟁은 짚단에 횃불을 던진 것처럼 활활 타오르게 될 것이다. 하지만 무황성은 내분으로 인하여 성주가 큰 부상을 입었다는 핑계와 함께 성문을 굳게 걸어 잠그고 강 건너 불 보듯 지켜만 보고 있을 것이다.

그러다가 그 전쟁이 막바지에 이르렀을 때 무황성주 단목상군은 갑자기 등장하여 무림일통의 계략을 펼칠 것이다.

그것이 놈들이 꾸미고 있는 각본이다.

이런 식이면 무영 자신이 무황성의 장로들을 선동하여 내분이 일어나게 한 것은 오히려 놈을 도와준 격이 되고 말았다.

아무튼 대단한 놈들이란 생각이 들었다.

위기를 기회로 역전시키고, 여전히 자신들의 계획을 관철해 나가는 놈들의 집요함은 절로 고개를 흔들게 만들었다.

"혈염마장은 부연호 소련주도 펼칠 수 없소. 그건 절대로 혈염마장이 아니오."

무영의 상념을 깨며 서문진충이 단호하게 말했다.

"그렇다면 다른 무공을 어떤 식으로든 혈염마장으로 보이게 했다는 말인데…… 짚이는 것이 없습니까?"

무영이 가라앉은 목소리로 물었다.

혈염마장에 격중당해 죽었다는 하북팽가의 팽소강은 무당의 허진자와 함께, 밀막주에 의해 정체가 밝혀진 무황성의 첩자였다. 그런 그가 마교도의 혈염마장에 맞아 죽었다는 소문은 뭔가 강하게 암시하는 것이 있었다.

"그런 증상을 보이게 만드는 것이라면……."

복지강이 눈을 가늘게 뜨며 생각을 모았다.

비록 총단의 사람이 아니었지만 그의 마도무공은 부연호를 능가하고 있었다.

"만약 마라청심독(魔癩靑心毒)에 중독된 상태에서 명옥현양장(冥玉玄陽掌)에 당한다면 비슷한 상태로 보일 수 있습니다."

복지강은 한참 후에 한 가지 가능성을 도출해 냈다.

"맞아! 그렇게 하면 혈염마장과 거의 흡사한 내상을 입을 수 있어. 그런데… 팽가의 사람이 마도의 독인 마라청심독에 중독될 이유가 없지 않습니까? 그것은 총단에만 있는 독인데……."

팽소강의 정체에 대해 알 리 없는 지상학이 고개를 갸웃거렸다.

"명옥현양장은 익힐 수 있는 무공입니까?"

무영이 다시 물었다.

"마련 총단에서는 익힐 수 있는 무공입니다."

지상학이 고개를 끄덕였다.

'확실하군.'

무영은 지그시 입술을 깨물었다.

놈들은 마련을 무너뜨리면서 가져간 무공 비급들을 연구하여 그런 짓들을 벌이고 있는 것이다.

아마 그 연구는 교룡각의 주도하에 은밀하게 이루어지고 있을 것이다.

조양방의 장로를 유혹하여 음모를 꾸미던 교룡각 소속 단주인 화설금을 잡을 때, 그녀는 사도맹의 무공을 써서 자신을 현혹시키려 했었다. 물론 수박 겉핥기 식이었지만 모르는 사람들에게는 사도맹의 무공으로 보이기에 충분했다. 그들은 마교의 무공도 그렇게 이용하여 녹림과 장강수로타에 뿌리고 중원 곳곳에서 혼란을 야기하고 있었다.

"가만……? 놈들이 총단을 무너뜨리며… 그것을 탈취해 갔군요! 그리고 그것으로……."

복지강이 뭔가 짚이는 게 있는 듯 고함을 질렀다.

"이런 죽일 놈들!"

복지강은 주먹을 쥐며 이를 빠드득 갈았다.

지상학과 서문진충 등도 사태를 파악하고 움켜쥔 주먹을 부르르 떨었다.

마도무공의 진수는 천마동에 있고 총단에 남아 있던 무공비급은 천마동의 것에 비하면 삼류 수준이나 마찬가지다. 그러나 그것들 역시 어린 시절부터 쌓은 마기가 충실하지 않으면 익힐 수도 없다.

하지만 제대로 익힐 목적이 아닌 속성으로 펼치기 위한 무공으로 변질시킨다면?

차후에 그 후유증은 심각하겠지만 당장은 엄청난 혼란을 야기할 수 있다.

"애초에 놈들이 마련을 무너뜨린 목적이 이것이었군!"

호찬성이 흉신악살처럼 일그러진 표정으로 이를 갈았다.

마교의 무공이 마구잡이로 변질되어 중원을 어지럽히는 데 사용되고 있는 것은 조상의 무덤이 이리저리 파헤쳐진 것이나 마찬가지의 기분을 느끼게 했다.

"형님! 어떻게 좀 해보시오. 이렇게 놓아둘 수는 없는 일이 아니오?"

관동문이 지상학을 향해 울부짖듯 고함을 질렀다.

"하루빨리 천마동을 찾아 진정한 마도의 힘을 얻는 수밖에 없어."

지상학이 침울한 표정으로 말했다.

그러나 아직 어디에 존재하는지도 모르는 천마동을, 설사 그곳을 찾아낸다 하더라도 그 안에 있는 마도무공의 진수를 익히고 마교의 옛 영화를 되찾는 일은 하루 이틀에 가능한 것이 아니다.

마도인들의 마음이 천근만근 무거워졌다.

"문주! 문주께서 말씀 좀 해보시오. 무슨 방법이 없겠소?"

지상학으로부터 속 시원한 대답을 듣지 못한 관동문이 무영을 쳐다보며 목소리를 높였다.

무영이 마교도도 아니고, 자신들이 문주라 부르는 것도 반은 농담 삼아 하는 호칭이었지만 답답한 마음에 그 원망이 무영에게까지 쏠리는 것이다.

"맞불을 지펴야겠소."

무언가 생각하는지 벽 쪽을 응시하고 있던 무영이 불쑥 말했다.

"맞불?"

"좋은 생각이 있는 것이오, 문주?"

관동문과 구현목이 반색을 하며 무영을 쳐다보았다.

"이에는 이, 소문에는 소문으로 대응해서 더 혼란스럽게 만들어놓읍시다. 그러면 양패구상 파국이 좀 연장되겠지요. 또한 하북팽가에도 정공법으로 나가야겠소."

무영은 복지강 등에게 자신의 계획을 설명했다.

"차라리 그렇게 하여 사태를 복잡하게 만드는 것이 더 좋겠소."

마도인들이 서로를 쳐다보며 고개를 끄덕였다.

*   *   *

사천의 성도에 있는 가장 화려한 주루인 장양루(裝楊樓)의 별채 한 곳에는 아침부터 짙은 긴장감이 흘렀다.

그 긴장감의 정체는 별채 주변을 둘러서 있는 사내들에 의해서였다.

이십 명이나 될까?

결코 그 숫자를 넘지 않았지만 그들 개개인의 몸에서 은연중에 피어오르는 기운은 마치 두꺼운 철판으로 울타리를 친 것 같았다.

만약 누군가가 그들 사이를 뚫고 들어가려 한다면 그야말로 한 뼘 두께의 철판을 찢고 들어가는 만큼 어려울 것이다.

도사 복장을 한 사람들과 평범한 복장을 한 사람들, 그리고 나머지는 비구니들이었다. 그런 그들의 행색만으로 본다면 무척이나 관심을 끌 만했지만 주변으로 접근하는 사람들은 아무도 없었다. 그만큼 그들이 내뿜는 분위기는 살벌했다.

"더 이상은 우리도 수수방관할 수는 없는 일이 아니겠소?"

별채의 한 실내에서 굵직한 목소리가 울렸다.

목소리의 주인은 도관을 단정하게 머리에 쓴 중년 도사였다.

"그렇긴 한데…… 소림과 무당, 화산파는 물론이고, 호북의 화씨세가에서도 그들의 개파대전에 하객을 보냈다고 하니 단순한 흑도방파로 규정짓기엔 무리가 있지 않을까 생각합니다. 오히려 마교가 배후 조종하고 있다는 흑도를 차례로 무너뜨렸으니 백도에 가깝다고 봐야 하지 않을까요?"

강퍅한 얼굴의 중년인이 말을 받았다.

"하지만 무력으로 다른 방파를 복속시키며 세력을 키워 나가는 모습은 흑도방파의 전형입니다. 그들이 더 힘을 키우면 사천은 걷잡을 수 없는 지경으로 빠져들지도 모릅니다."

또 다른 중년인이 걱정스런 목소리로 말했다.

"아무리 그래도… 아직 그들의 정체도 제대로 파악이 안 된 상태에서 우리가 너무 서두를 필요는 없다고 봅니다."

이번에는 고운 자태의 비구니가 차분한 음성으로 의견을 피력했다.

경직된 분위기를 누그러뜨리고 마음을 편안하게 해주는 목소리였다. 만약 비구니가 아니었으면 현숙한 중년 여인의 아름다움을 한껏 뿜어냈을 만했다.

이들은 사천을 대표할 수 있는 네 개 문파인 점창파와 청성파, 아미파, 그리고 당문의 문인들이었다.

그들은 최근 사천에서 급격히 세를 불리고 있는 파황문의 움직임에 위기의식을 느끼고 비밀회동을 가지는 중이었다.

중원에서는 흑도의 배후에 마교가 있다는 흉흉한 소문이 번져 나가고 있지만 이곳 사천성은 그런 흑도를 파죽지세로 장악해 나가는 파황문이 오히려 더 큰 위협이었다.

처음에는 거창한 문파의 이름과는 정반대인 구성원들을 보고 배를 잡게 만들었던 파황문은 영호보와 녹림이 주축이 된 흑룡회를 순식간에 장악하고 자신의 세력으로 복속시켰다. 그리고는 파죽지세로 군소 흑도 세력을 잠식하고 이젠 사천성 흑도의 패자로 군림했다.

그 신속함과 과감함, 그리고 신출귀몰함은 정파무림의 간담까지 서늘하게 만들어 결국 이런 자리까지 마련한 것이다.

"신중을 기하기에는 그들의 움직임이 너무 빠릅니다. 그리고 그들의 무력 또한 상상 이상으로 강합니다. 만약 그들이 그 여세를 몰아 파죽지세로 정파무림까지 덮친다면 그땐 만시지탄(晚時之歎)의 상황이 될지도 모릅니다."

당문의 대표로 참석한 당하경(唐何景)이 우려감 가득한 표정으로 말했다.

언제나 폐쇄적이고 중원 무림의 중대사에 별 관심을 가지지 않던 당문이지만 최근 사천에서 세력을 키우고 있는 파황문의 모습은 우려를 금치 못하게 하여 이런 자리에도 참석하게 만들었다.

"그렇다고 우리가 무턱대고 그들을 공격할 수도 없지 않는지요?"

고운 목소리의 비구니가 다시 말했다.

아미파의 정운사태(貞芸師太)였다.

그녀는 현 아미파 장문인 혜운사태(慧芸師太)의 사매로 차분한 성격에 사려 깊고 지혜로워 아미파의 큰 기둥이었다.

"그럴 수야 없지요. 그것은 그야말로 벌집을 쑤신 격이 될 테니까요. 하지만 두 손 놓고 구경만 할 수도 없으니 우리 역시 긴밀한 협조체계와 함께 연합 세력을 구축하여 만반의 준비를 하자는 것이지요. 그것이 다른 정도문파들이 우리에게 긴급히 전한 뜻이기도 하고……."

점창의 일대제자인 적운검(積雲劍) 한상문(韓尙紋)이 고개를 끄덕이며 말했다.

"이를테면 사천의 정도맹이라도 만들자는 말씀인가요?"

정운사태가 질문을 던졌다.

"그것이 가장 합당한 대비책이 되지 않을까 생각합니다. 파황문이 현재 정도문파는 단 한 곳도 공격을 하지는 않았지만 그들의 정체를 전혀 파악할 수가 없으니 그렇게 하는 것이 마땅하지요."

청성파의 대표로 참석한 이조현(李趙鉉)이 다소 강한 어조로 말했다.

그는 청성파 장문인의 사형으로 이 자리에서는 가장 나이가 많은 초로인이었다. 또한 이 자리는 그가 가장 주도적으로 움직여 만들어진 것이다.

"이 대협의 말이 맞는 것 같소. 매사 불여튼튼이라고… 지금 당장 전쟁을 하자는 것도 아니고, 만일의 사태에 대비하자는 것이니 나쁠 것이 없지요. 다른 정도문파의 뜻도 마찬가지고."

점창의 한상문이 무겁게 고개를 끄덕였다.

그러자면 각 문파마다 비용 각출에다 인원 차출 등 많은 출혈이 있겠지만 파황문의 정체를 알지 못하는 상황에서 미리 대비하자는 데는 이견이 없었다.

"그렇게 되면 사천 무림의 긴장이 고조될 텐데……."

정운사태의 이마에 그림자가 드리웠다.

파황문의 행보가 위협적이긴 하지만 현재 그들이 흑도방파라는 증거도 없었다. 또한 그들의 개파대전에 소림과 무당, 화산파 등이 하객을 보내어 지지했다면 오히려 정도방파에 가깝다고 봐야 한다. 만에 하나 그들이 확실한 흑도라 하더라도 흑도방파의 싸움에 백도무림까지 부화뇌동하게 된다면 사천이 흑, 백 양쪽으로 극한 대립을 보이다가 예기치 못한 일로 인하여 자칫 전면전으로 내몰릴 수도 있었다.

한쪽이 칼을 빼 들고 있어도 다른 쪽이 맨손이라면 예기치 못한 상황이 닥쳐도 갑작스런 싸움은 벌어지지 않는다. 그러나 두 쪽 모두 칼을 빼 들고 첨예하게 대립한 상태라면 누구 한 사람이 모기를 쫓기 위해 무의식적으로 칼을 든 팔만 한 번 휘둘러도 싸움이 벌어질 수 있었다.

정운사태는 그런 상황이 가장 염려스러웠다.

"사천무림의 긴장은 이미 고조될 대로 고조되었소. 그러니 더 늦기 전에 우리도 힘을 결집하여 대비를 해야 합니다. 만약 파황문의 칼이 우리 쪽으로 향할 때는 걷잡을 수 없게 됩니다."

이조현이 한층 더 목소리를 높였다.

그는 파황문을 확실한 흑도의 무리로 간주하고 있는 모습이었다.

"그러기 전에 파황문이 정말 흑도문파로 차후 우리 정도문파에 심각한 위협을 가할 소지가 있는지, 또 파황문 문주의 정체가 무엇인지부터 파악하는 것이 순서가 아닙니까? 그것도 모르는 상태에서 너무 조급하게 움직이는 것은……."

"그것이 불가능하니 문제가 아니겠소. 그동안 우리는 많은 노력을 들여 파황문과 그곳 문주에 대해서 알아보려 했지만… 아니, 솔직히 그럴 시간 자체가 없었소. 이곳에서 나타나서 흑도방파 하나를 휩쓸었다는 소식에 그곳으로 가보면 어느새 또 다른 흑도방파 하나가 쓰러졌소. 문파의 총단이라는 곳도 수시로 이사를 해서 그곳으로 가서 알아내는 것도 힘들었소. 다만 한 가지 확실한 것은 그곳 문주라는 자의 무공이 예상보다 몇 배나 강해, 만약 그자가 딴생각을 품는다면 사천의 어떤 문파를 막론하고 막대한 피해를 입을 수 있다는 것이오."

이조현이 정색을 하며 정운사태를 쳐다보았다.

"그 말은… 들었어요. 일파의 문주 급이라고 하더군요."

정운사태는 고개를 끄덕였다.

"그러니 위협이 되기에는 충분하지요. 정체라도 알면 어떻게 다른 방향으로 생각도 해볼 텐데……."

점창의 한상문이 무거운 어조로 말했다.

"내 말이 그거요. 정체를 알 수 없이 갑자기 나타난 극강한 힘! 그것은 언제나 큰 피바람을 몰고 왔소."

"그 정체를 제가 밝혀 드려도 되겠습니까?"

지금까지와는 다르게 청년의 목소리가 들려왔다.

모든 사람들의 시선이 이곳에 유일하게 자리한 청년인 당오성(唐悟成)에게로 집중되었다.

그는 현 당문주의 장남으로 용독술과 암기 다루는 솜씨가 뛰어나고 두뇌 역시 명석하였다. 또한 다음대의 당문주가 될 사람이기에 견문도 넓힐 겸 당하경과 함께 이 자리에 참석한 것이다.

"아, 아닙니다!"

기대에 찬 모든 시선들을 배반하며 갑자기 당오성이 손사래를 쳤다.

당하경이 와락 눈살을 찌푸렸다. 아직 혈기 방장한 이십대의 청년이라고는 하지만 다음대의 당문을 이끌어갈 당오성이 이런 경박스런 행동을 하다니.

당하경은 도끼눈을 하고 당오성을 노려보았다.

"제가 한 말이 아니란 말입니다."

자신을 향한 모든 시선들에 날이 서자 당오성은 더 크게 손사래를 치며 사방을 둘러보았다.

"헛!"

당오성이 헛바람을 들이켰다.

창문의 반대쪽에 낯선 그림자 하나가 처음부터 그곳에 존재했던 것처럼 서 있었다.

"웬 놈이냐!"

이조현이 고함과 함께 일장을 터뜨렸다.

일렁!

그림자가 출렁거리며 이조현의 일장이 동혈 속으로 빨려들듯 사라졌다.

"잠시만 진정하시지요."

그 음성과 함께 그림자의 형상이 뚜렷해졌다.

훤칠한 키에 눈이 환해질 정도의 미청년이었다.

"대체…… 이게!"

한상문과 당하경의 입이 자신도 모르게 벌어졌다.

자신들의 이목을 속이고 이곳까지 스며들다니?

그리고 이조현의 일장을 손 한 번 흔들어 흔적 없이 지워 버리는 그 수법은 두 눈 뻔히 뜨며 보고도 믿을 수가 없었다.

실내의 모든 사람들은 여차하면 합공이라도 할 듯 공력을 끌어올렸다.

"누구신가요, 소협은?"

정운사태가 가장 먼저 마음을 가라앉히고 물었다.

"소생, 파황문의 문주 장무영이라 합니다."

무영이 정중하게, 그러나 일파의 문주답게 인사를 차렸다.

"파황문!"

"파황문주……."

신음성이 무겁게 내려앉았다.

그리고는 잠시 정적이 흘렀다.

모두 불식간에 염라국에 끌려 들어온 것 같은 기분이었다.

안에서 적지 않은 소란이 일고 있음에도 불구하고 근처에 둘러서 있는 제자들은 아직 아무런 낌새도 느끼지 못하고 있었다. 음파를 차단한 탓도 있겠지만 기가 막혔다. 만약 저 청년이 자신들을 해하려고 했다면 속절없이 쓰러졌을 것이다.

그 자괴감 가득한 심정들이 쉽게 정적을 깨뜨리지 못했다.

"초대받지 않은 자리에 이렇게 무례하게 나타난 점 거듭 사과드립니다."

무영이 정적을 깨뜨리며 아까보다 더 깊이 고개를 숙였다.

강호에서 이런 행동은 강자의 권리나 마찬가지겠지만 당하는 사람들에게는 치욕적일 수밖에 없었다. 그러기에 무영은 거의 구십 도로 허리를 숙인 것이다.

"우리가 여기 모인다는 것은 어찌 알았는지요?"

정운사태가 잔잔한 음성으로 질문을 던졌다.

무영의 정중한 태도에서 당혹감과 경계의 심정을 걷어낸 그녀의 눈빛은 마치 아들이나 조카에게 던지는 그것과 같았다.

"낮말은 개방이 듣고, 밤말은 하오문이 듣지요."

무영은 빙긋 웃으며 답했다.

"그렇군요."

정운사태의 입가에도 희미한 미소가 떠올랐다.

"불청객도 객이니…… 일단 앉으시오."

당문의 소문주 당오성이 깊은 눈빛으로 무영을 쳐다보며 자리를 권했다.

동년배라는 동질성이 한 가닥 호감으로 작용한 것이다.

"감사하오."

당오성에게 눈인사를 보낸 무영은 빈자리 한곳을 차지하고 앉았다.

"마음대로 나타났으니 용건 역시 마음대로 말해보시게."

점창의 한상문이 돌처럼 딱딱한 어조로 말했다.

새파란 청년에게 이렇게 속수무책으로 당했다는 사실이 치유될 수 없는 자존심의 상처가 된 모양이었다.

"제 무례한 행동에 대해서는 거듭 사과드리지요. 만약 정상적인 절차를 통해 여러 명숙분들을 만나려 했다면 바깥의 사람들과 충돌을 면치 못했을 것이고, 소리없이 제압하기 위해 반 이상은 크게 상처를 입힐 수밖에 없었을 겁니다."

무영은 듣기에 따라서는 등골이 서늘한 변명을 하고는 말을 이었다.

"제가 여기에 온 이유는 여러 명숙분들께서 어떤 연유로 이 자리를 만들었는지 충분히 짐작이 갔기 때문입니다. 그 때문에 제가 일간 여러분들의 문파로 찾아뵐 생각이었는데 마침

이런 자리가 만들어진다는 정보가 들어오더군요. 많은 시간과 노력이 절약되는 일이기에 무례를 무릅쓰고 찾아온 것이지요."

"그러니까 그 이유……."

이조현의 목소리가 높아지려는 찰나 정운사태가 끼어들었다.

"충분히 짐작이 갔다면 그 대안도 들고 왔겠지요?"

정운사태의 질문은 핵심을 찌르며 상황을 정리하는 동시에 무영의 입장을 편하게 해주었다.

"물론입니다. 그러니까… 파황문은 차후 어떠한 경우에도 사천성 정도문파를 위협하거나 침해하지 않을 것을 약속드리지요."

무영은 거두절미하고 단호하게 말했다.

모두들 할 말을 잃고 멍하니 무영만 쳐다보았다.

모든 절차를 생략하고 이 자리에 불쑥 나타난 행동만큼 단도직입적인 말이었다. 그래서 그 말은 어떤 수식어나 미사여구가 가미된 것보다 의미전달이 확실했다.

당오성의 입가에도 흐릿한 미소가 어렸다.

고리타분한 무림명숙들의 빙빙 돌려 하는 말만 들어오던 그는 한순간이나마 가슴이 뻥 뚫리는 느낌을 받은 것이다.

"그걸 어떻게 믿으란 말이오?"

입가에 떠오른 미소를 지운 당오성이 나서며 물었다.

"제 이름을 걸지요."

무영이 답했다.

"글쎄…… 처음 듣는 이름이라 그 가치가 얼마나 되는지 판단하기 어렵구려."

당오성도 지지 않고 반박했다.

"그럼 제 사조님의 이름… 아니, 존성대명을 걸지요."

"말해보시오."

당오성의 얼굴에 강한 호기심이 어렸다.

"그러고 보니… 사조님의 함자는 모르는군요."

무영이 난처한 표정과 함께 입맛을 다셨다.

순간적으로 당오성의 눈살이 찌푸려졌다. 무영이 자신을 가지고 논다고 생각한 것이다.

"그럼 노형의 말을 믿을 수가 없겠군요."

당오성의 음성이 딱딱해졌다.

"대신, 별호는 알고 있소."

"말해보시오."

당오성이 아까와 똑같은 어조로 말을 받았다.

"파황객!"

무영이 처음으로 외인들 앞에서 자신의 내력을 밝혔다.

이에는 이, 소문에는 소문으로 받아치겠다는 의도였다.

파황객의 등장은 마교의 혹도 준동이라는 소문만큼 파괴적이 될 것이고 중원의 형세가 양자구도에서 삼자구도로 변하여 당장은 함부로 경거망동할 수 없게 만들 것이다.

그것이 복지강 등에게 밝힌 맞불을 붙인다는 계획이었다.

"뭐라고 하시었소?"

당오성이 고개를 갸웃거리며 다시 물었다.

파황객이라고 들은 것 같았지만 무영의 입에서 나온 파황객이 자신이 알고 있는 파황객이라고는 상상도 못한 것이다.

"뭐라고… 하셨나요? 다시 말해보세요."

정운사태도 창백한 표정을 하며 말했다.

처음 보았을 때 이조현의 일장을 손짓 한 번으로 흩어버리는 가공할 수법이 떠오른 것이다.

그때는 창졸지간이라 제대로 파악하지 못했는데 이제 생각하니 파황객의 독문절기인 수라흡정의 초식인 것 같았다.

"제 조사님 별호는 파황객입니다. 파천황의 고수라고도 불리었지요."

무영이 자신의 내력을 다시 밝혔다.

"파황객!"

비로소 당오성이 파황객이란 별호를 제대로 인식하며 벌떡 일어섰다.

"파황객!"

다른 사람들도 눈을 크게 뜨며 당오성과 대동소이한 반응을 나타냈다.

"믿을 수 없소!"

한참 후에 당오성이 활활 타오르는 눈으로 무영을 쳐다보며 말했다.

파황객의 후예가 지금 같은 시기에 등장하다니?

이건 마치 잘 꾸며진 각본 같아 도저히 실감이 나지 않았다.

"당 형도 일장을 뻗어보시오."

무영이 손을 들어 올렸다.

이젠 잔인한 결과를 낳지 않고도 자유자재로 뿌릴 수 있는 수라흡정의 초식을 사용할 생각이었다. 그것은 파황객을 사파의 인물로 여기게도 만든 파괴적인 초식이지만 파황객이라는 별호를 가장 단적으로 나타내는 초식이기도 했다.

파앙―

당오성의 손바닥에서 강력한 일장이 터졌다.

독과 암기의 대가인 당문이었지만 무공 역시 절대로 다른 문파에 뒤지지 않았다. 암기나 용독술 역시 무공이 바탕이 되지 않으면 사상누각이나 마찬가지이기 때문이다.

우우웅―

무영의 손에서 무거운 진동음이 울렸다. 그리고는 당오성의 장력이 모조리 그 속으로 빨려들어 흔적 없이 사라졌다.

누구도 부정할 수 없는 파황객의 독문무공인 수라흡정의 초식이었다.

실내에 다시 무거운 침묵이 번져 나갔다.

파천황의 고수인 파황객의 후예!

그 사실은 한 사람의 무림인으로서 큰 감동인 동시에 그만한 공포이기도 했다.

감동과 함께 밀려오는 그 공포심이 가슴을 짓눌러 모두를 침묵하게 만들었다.

"누구냐?"

뒤늦게 이상한 낌새를 느꼈는지 별채 주변을 둘러서 있던 청년들이 안으로 뛰어들었다.

"엇!"

"아니?"

실내에 외인이 있다는 것을 안 청년들이 두 눈을 동그랗게 뜨며 자신 문파의 어른들을 쳐다보았다. 그들은 하나같이 중독이라도 된 것처럼 창백한 표정을 하고 있었다.

"적도다!"

각 파의 명숙들이 저지하기도 전에 청년들이 동시에 검을 빼 들며 무영을 향해 쇄도해 들었다.

슬쩍 뒤로 물러선 무영의 손이 가슴 어림을 스쳐 지나갔다.

삐이익!

고막을 찢는 듯한 파공음이 울렸다. 뒤이어 날카로운 금속성이 연이어 터져 나왔다.

무엇이 어떻게 되었는지 파악하기도 전에 청년들의 검이 모조리 동강난 채 바닥으로 떨어져 내렸다.

"크윽!"

"으윽!"

원앙탈명륜이 뿜어내는 가공할 음파에 기혈이 뒤틀린 청년들은 자신들의 검이 동강났다는 사실도 제대로 인식하지 못한 채 신형을 휘청거렸다.

"이럴… 수가?"

잠시 후 상황을 인식한 청년들이 신음을 토했다.

의식하지도 못하는 사이에 싹둑 잘려 버린 자신들의 병기!

접시 두 개를 합친 것처럼 평범한 원판이 만들어낸 가공할 결과였다.

만약 그것이 자신들의 목이나 심장을 노렸다면……?

청년들의 등골에 식은땀이 흘러내렸다.

"그것이… 무엇이오?"

청성의 젊은 도사 한 사람이 싹둑 잘린 자신의 검을 망연한 표정으로 내려다보며 물었다.

이제껏 어떤 대결에서도 날 한번 빠지지 않은 보검이었다. 그것을 이렇게 만든 물건이 무엇인지 이름이라도 알아두어야 할 것 같았다.

"원앙탈명륜이라는 물건이지요."

무영이 간단히 답했다.

"원앙탈명륜?"

젊은 도사가 고개를 갸웃거렸다.

이런 정도의 위력을 떨치는 것이라면 천고의 기병일진데, 아무리 생각해도 전혀 생소한 이름이었다. 이미 파황문의 개파대전에서 선을 보였지만 하도 소문이 과장되어 오히려 그 진면목은 흐려져 버린 것이다.

"파황객의 유품이오?"

이번에는 당오성이 질문했다.

"아니오. 필요에 의해 내가 만든 것이오. 물론 재료와 설계도는 오래전부터 존재했지만……."

무영이 하나로 합쳐진 원앙탈명륜을 빙글 돌리며 말했다.

그것은 파황객이라는 단어에 첨가된 또 하나의 공포였다.

파천황의 무공에, 상상을 초월하는 살상력을 갖춘 병기!

차라리 원래의 파황객이 훨씬 덜 공포스러울 것 같았다.

사천을 대표하는 네 곳 문파의 사람들은 천 근의 바위가 내리 누르는 듯한 중압감과 함께 무영을 쳐다보기만 했다.

"그럼 제 약속을 받아들이는 것으로 알고 이만 물러가겠습니다."

원앙탈명륜을 품속에 넣은 무영이 가볍게 고개를 숙인 후 등을 돌렸다.

무영이 자리를 떠난 한참 후에도 실내에는 무거운 침묵이 흐르고 있었다.

대결로 따진다면 너무나 완벽한 패배였다.

출현에서부터 무력 시위, 그리고 빈틈없는 마무리까지…….

영웅의 기상이 엿보이기도 했고 일세의 효웅 같기도 했다. 그가 앞으로 어떤 행보를 보이느냐에 따라 강호무림은 몸살을 앓을 것 같았다.

지금으로서는 그가 협객의 길을 걷기만을 빌 뿐이다.

'휴우—'

정운사태가 속으로 긴 한숨을 토했다.

그 청년의 의도가 무엇인지는 알 수 없으나 이로써 강호는 양패구상의 구도에서 삼각구도로 흘러갈 것이다. 그것은 또한 일촉즉발의 긴장감을 억누르며 견제의 양상을 띠게 만들 것이다.

'의도적이었나?'

정운사태는 무영의 행동에서 문득 그런 의심이 들었다.

第八十六章

귀환(歸還)

장흥관일

난세는 영웅을 부른다고 했던가?

중원이 온통 전쟁의 기운으로 뒤덮여 가는 즈음 파황객이란 단어가 그 전쟁의 기운보다 더 거세게 중원으로 퍼져 나갔다.

그건 무영의 의도이기도 했고 회동에 참석한 아미파의 정운 사태가 온 사방에 소문을 내며 퍼뜨린 탓이기도 했다.

"파황문의 문주가 파황객의 후예란 말인가? 허허. 이건 믿을 수가 없군. 완전히 사라졌다고 생각한 상문과 파황객이 다시 등장하다니……. 장수 나면 용마도 같이 나온다고 하더니, 난세가 도래하니 파황객이 출현하는군. 어쨌든 흥미진진한 얘기야."

객잔의 한쪽에서 허름한 차림의 사내 하나가 흥분을 감추지 못한 음성으로 말했다.

"파황객의 후예가 문파를 세웠다……? 그래서 문파의 이름을 파황문이라 지은 것이군."

탁자를 사이에 두고 마주 앉아 있던 사내가 말을 받았다.

"무식한 놈아! 파황객의 '황' 자는 임금 황(皇) 자가 아니고 거칠 황(荒) 자니라."

조금 덜 무식하게 보이는 사내가 핀잔을 주었다.

"그게 그거지 뭘 그러나. 그건 그렇고… 파황객의 후예가 나타났으니 앞으로 어떻게 되는 건가?"

무식하다고 핀잔을 받은 사내가 물었다.

"글쎄. 잘은 모르겠지만 파황문이 어떻게 나오느냐에 따라 세력의 판도가 많이 바뀌겠지."

"어떻게 말인가?"

무식한 사내의 목에서 침이 넘어가는 소리가 들렸다.

"파황문이 마교와 손잡고 백도무림과 무황성을 공격한다면 그야말로 백도무림은 엎친 데 덮친 꼴이 될 것이겠지만 반대로……."

덜 무식하게 보이는 사내가 말꼬리를 길게 늘였다.

"반대로 되면 어찌 된다는 말인가?"

무식하게 보이는 사내가 입술을 핥으며 바짝 다가앉았다.

"술이 떨어졌군."

덜 무식한 사내가 술잔을 내려다보며 말했다.

"사람 참. 점소이! 여기 술 한 병 더 가져오게."

무식한 사내가 술을 더 시키며 눈빛으로 덜 무식한 사내를 재촉했다.

"커어— 술맛 좋다."

덜 무식한 사내가 술 한 잔을 마시며 거드름을 피웠다.

"어서 말하게. 궁금해 죽겠네."

무식한 사내가 거듭 재촉했다.

"반대로… 파황문이 백도와 손잡고 마도를 때려 부순다면, 마도는 세가 꺾이며 주춤거릴 수밖에 없겠지. 그 틈에 무황성주가 쾌차하여 개입하면 중원은 다시 평화를 유지하는 것이고."

덜 무식한 사내가 몇 가닥 나지 않은 염소수염을 쓸었다.

"뭐야? 그건 나도 추측이 가능한 말이잖은가?"

술 한 병을 도둑맞았다고 생각한 무식한 사내가 와락 눈살을 찌푸렸다.

"그럼 더 이상 뭘 바란 것이냐?"

덜 무식한 사내가 빙글거리며 말했다.

적당히 구슬려 술 한 병을 더 얻어마셨으니 목적을 달성한 것이다.

"최소한 파황객의 후예라는 사람이 정파인지 사파인지는 알려주어야 하는 것이 아닌가?"

무식한 사내가 고함을 질렀다.

그 고함 소리는 이곳 주루에 자리한 모든 사람들의 관심사이기도 했기에 처음에는 관심을 두지 않던 사람들도 하나둘

두 사내의 말에 귀를 기울였다.

"글쎄…… 파황객이 정파도 사파도 아닌 정사 중간의 인물로 여겨졌으니 그 후예도 마찬가지가 아니겠나."

덜 무식한 사내가 자신의 생각을 피력했다.

"하지만 그가 세운 문파의 개파대전에 소림과 무당, 화산은 물론 호북제일의 검가인 화씨세가에서도 하객을 보냈으니 정파라 생각해야지."

무식한 사내가 침을 삼키며 말했다.

그의 눈에 자신의 말이 맞기를 바라는 간절한 빛이 흘러나오고 있었다.

"그랬으면 좋으련만…… 하는 짓을 보면 사파 같단 말이야."

"하는 짓이라니?"

"흑도문파를 하나하나 접수하여 세를 불려가고 있다고 하지 않나? 정파라면 그렇게 안 하지. 그냥 무너뜨리고 자신 문파로 돌아가겠지."

"그, 그건……."

무식한 사내가 자신의 기대가 무너지는 상황에 실망했는지 풀이 죽었다.

그때 주루 안으로 세 명의 사내가 들어섰다.

하나같이 방갓을 둘러쓴 건장한 사내들이었다.

빈자리를 찾아 앉았음에도 불구하고 사내 하나는 끝내 방갓을 벗지 않았다.

그 사내의 몸에서 피어오르는 기운이 심상치 않았기에 일순 주루 안이 조용해졌다.

"점소이!"

사내 하나가 굵직한 목소리로 점소이를 불렀다.

점소이가 주춤거리며 다가왔다.

"여기 구운 오리 세 마리와 죽엽청 두 병만 가져오게."

주문을 한 사내는 점소이의 손에 동전 몇 닢을 쥐어주었다.

"얼른 대령하겠습니다요."

잔뜩 긴장하며 다가왔던 점소이가 금방 표정을 바꾸며 구십 도로 인사를 하고는 주방을 향해 달려갔다.

"휴우— 몇 달 만에 먹는 제대로 된 음식인가?"

옆에 앉은 사내가 입맛을 다시며 말했다.

"네놈은 그래도 식성이 좋아 그곳 음식도 잘 먹지 않았나."

다른 사내가 퉁명한 음성으로 말했다.

"못 먹는 놈이 문제지."

다른 사내가 말을 받았다.

"아무리 먹으려고 해도 안 넘어가는 걸 어떡하란 말이냐."

두 사람은 내내 그렇게 티격태격하다 음식이 나오자 걸신들린 듯이 먹기 시작했다.

"설마 사파는 아니겠지? 마교의 잔당들이 흑도를 장악한 마당에 파황객의 후예까지 사파라면 중원은 피바다가 될 텐데……."

방갓을 눌러쓴 사내와 그 일행이 별 소동 없이 식사에만 열

중하자 무식한 사내가 다시 말을 꺼냈다.

"어헉!"

말을 끝낸 무식한 사내가 외마디 비명을 질렀다.

방갓을 쓴 사내로부터 얼음장 같은 기운이 자신을 향해 몰려왔기 때문이다.

"노형! 방금 한 말 다시 한 번 해보시오."

방갓사내가 무식한 사내를 보며 말했다.

"왜, 왜… 그러시오. 내가 무얼 잘못했다고?"

무식한 얼굴의 사내가 덜덜 떨며 반쯤 일어섰다.

"잘못했다는 것이 아니라… 소문을 듣고 싶다는 말이오. 자세히 들려주면 노형들 술값은 내가 지불하겠소."

방갓사내의 제의에 허름한 차림을 한 두 사내는 서로를 쳐다보았다.

몸에서 풍기는 기운은 얼음장같이 차가웠지만 말투나 행동은 조금도 예의를 벗어나지 않았다. 잘하면 자신들로서는 몇 년에 한 번 맛볼까 말까 한 죽엽청에 구운 오리고기까지 얻어먹을 수 있을 것 같았다.

"아예 이리로 와서 같이 들며 얘기를 좀 해주시오. 운남성으로 여행을 하고 막 돌아오는 길이라 중원 소식을 듣지 못해서 그렇소."

방갓사내의 말에 허름한 차림의 두 사내는 이해하겠다는 표정과 함께 반색을 하며 자리를 옮겼다.

"몇 마리 더 시킬 테니 실컷 드시며 얘기를 해주시오."

방갓사내가 자신 앞에 있는 오리고기와 술병을 밀어주며 말했다.

"고, 고맙소이다."

주머니 사정이 여의치 않아 채소 안주에 백건아 두 병으로 허기를 달래던 허름한 차림의 사내들은 염치 불고하고 술과 오리고기를 입으로 쑤셔 넣으며 최대한 상세하게 최근의 중원 사정을 설명하기 시작했다.

"헉!"

"큭!"

허름한 차림의 사내들이 동시에 비명을 질렀다.

두 사람의 얘기를 듣고 있던 방갓사내의 몸에서 불식간에 피어오른 기운이 숨통을 조였기 때문이다.

"미안하오!"

방갓사내가 얼른 사과하며 불식간에 피어오른 살기를 갈무리했다.

"휴우―"

허름한 차림의 사내들이 비로소 숨을 내쉬며 방갓사내를 주시했다. 그러나 방갓으로 가려진 사내의 얼굴은 단 한 치도 보이지 않았다.

"계속 설명을 해보시오."

방갓사내가 다시 말했다.

"예― 그런 차에 파황객의 후예가 나타났다는 소문이 나돌며 그가 바로 파황문의 문주라고 했지요. 파황객의 후예가 파황문의 문주라… 그것참 이름도 딱 맞아 떨어지지 않습니까? 어쨌든 파황객의 후예가 사천의 흑도를 휩쓸며 사천 흑도의 패자가 되었다는 소문이 파다하게 퍼져 나가니 금방이라도 벌어질 것 같던 흑도와 백도 사이의 전쟁 기운이 주춤하며 소강 상태로 접어들었지요. 그 와중에도 파황문은 세력을 확장시키고 이젠 호북에도 연맹을 만든다는 소문이 돌고 있습니다.”

“호북성이라면… 혹시 조양방이 아닙니까?”

방갓을 쓰지 않은 사내가 얼른 나서며 물었다.

“예. 조양방이 주축입니다. 그리고 이름은 잘 생각이 안 나지만 조양방 외에 다른 네 개 방파도 참여한다는 소문이 있습니다.”

“역시!”

질문을 했던 사내가 손바닥을 마주치며 만족한 미소를 지었다.

자신의 예상이 들어맞았다는 표정이었다.

“제가 알고 있는 상황은 대충 다 말한 것 같습니다.”

말을 마친 사내는 다시 죽엽청 한 잔을 마시고 오리고기를 한입 가득 우겨넣었다.

그들은 밑천 들지 않는 말로 죽엽청과 오리고기를 먹는다는 사실에 방갓사내의 몸에서 자연스럽게 풍겨 나오는 무거운 중압감도 이겨내고 있었다.

‘역시 자네야!’

두 사내의 말을 모두 들은 방갓사내 부연호는 입가에 미소를 피워 올렸다.

운남으로 떠났다 돌아오는 몇 달 동안 중원의 상황이 어떻게 변했을지 염려스러웠는데 무영은 중원 전체를 서서히 자신의 무대로 만들어가고 있었다.

파황객과 파황문!

그리고 호북성의 조양방을 비롯한 다른 네 개 흑도방파와 파황문의 연맹!

이 정도면 이젠 그 어떤 세력도 경시하지 못할 것이다. 설사 무황성이라 할지라도 신경을 바짝 곤두세우고 지켜보아야 할 것이다.

"쿡쿡!"

부연호는 마침내 소리 내어 웃었다.

음식을 들던 사내들이 흠칫 놀라 부연호를 쳐다보다 기겁을 하며 딸꾹질을 했다.

잠시 방심한 탓에 방갓에 가려져 있던 부연호의 반쪽 가면이 드러난 것이다.

"이, 이젠 그만 가봐야겠습니다. 정말 오랜만에 포식을 했습니다. 감사드립니다."

두 사내가 얼른 자리에서 일어섰다.

"왜, 더 들지 그러시오. 음식이 남았는데."

부연호가 권했지만 사내들은 부리나케 주루 밖으로 달아났다.

"후후!"

부연호는 다시 웃음을 터뜨렸다.

아무리 생각해도 중원의 상황이 재미있게 돌아가는 것이다.

무황성주와 외밀원주 요화극이 갖은 술수를 부리며 난리를 치지만 무영이 한발 앞서가고 있다는 느낌이었다.

이제 그 대열에 자신도 합류하며 마음껏 놀아보고 싶은 생각이 용솟음쳤다.

'그건 그렇고⋯⋯.'

부연호는 품속을 더듬었다.

두툼한 화선지의 감촉이 묵직하게 느껴졌다.

하루에도 몇 번이나 만지며 혹시 잃어버리지나 않았는지 확인하는 것이다.

무영의 말대로 운남성 한 오지의 바위에는 마령패 바닥에 있는 것과 똑같은 이상한 문양이 새겨져 있었다.

그것을 발견하는 순간 심장이 터질 것 같은 흥분에 젖어들었다.

흥분을 가라앉히고 화선지에 탁본을 하니 수십 장 분량이었다.

마령패에 새겨진 몇 자 안 되는 문양으로도 이만큼 알아냈는데 화선지 수십 장에 달하는 분량이면 천마동을 여는 것은 시간문제일 것이다.

그것을 해독할 수 있는 사람이 자신이 아니라는 것이 아쉽긴 하지만 어차피 그렇게 태어난 것을 어찌겠는가?

대체 그놈은 어떻게 된 인간인지 아무리 해도 이해가 가지 않는다.

자신이라면 백 년을 들여다보고 있어도 뭐가 뭔지 알 수 없을 것 같은 문양이었다. 뿐만 아니라 마련 총단의 사람들이 십 년도 넘게 고민을 했지만 해독하지 못한 문양을 그때 한 번 본 후 그것을 내내 기억하고 있다가 실마리를 찾아냈다.

같은 인간의 두뇌가 이렇게 차이 나도 되는 것일까?

그놈이 마교도가 아닌 것이 천만 다행이다.

그놈이 마교도였다면 자신은 절대로 천마가 될 수 없을 테니까.

누가 열쇠를 풀든 천마동에 들어갈 사람은 수년간 마령패의 마기를 흡수한 자신이다.

그리고 그곳에서 천마의 무공을 얻는다면……?

역사상 가장 멋진 천마가 될 자신이 있었다.

누구보다 여유롭고 재미있으며, 누구도 따라올 수 없을 만큼 풍류를 즐기는 천마!

마도가 결코 악마의 집단이 아니라는 것을 온 세상에 알려 줄 것이다.

정파인들에 의해 반인반수에, 뿔 달린 악마로 묘사되었던 마교!

패자는 유구무언이라… 힘이 없으니 그렇게 매도당할 수밖에 없었다.

천마의 힘을 얻고 마도가 정도보다 더 정의롭고 멋진 인간들의 집합체임을 기필코 보여주고 말 것이다.

쿵! 쿵!

심장이 두방망이질 치는 소리가 옆자리까지 들렸다.

"왜 그러십니까, 공자님? 어디 예쁜 처자라도……?"

파황문에서부터 종자로 따라온 놈이 두 눈을 반짝이며 사방을 두리번거렸다.

그동안 물이 들었는지 이놈도 풍류를 알아가기 시작했다.

"어디, 어디?"

다른 한 놈도 풍류남아의 대열에 동참했다.

"내가 언제 여인이 있다고 했느냐, 이 자식들아!"

인상을 쓰며 고함질렀다.

"여인도 안 보이는데 그렇게 가슴이 뜁니까?"

한 놈이 실망 가득한 표정과 함께 입맛을 다셨다.

"개 눈에 뭐만 보인다더니……."

피식 웃으며 핀잔을 주었다.

"제 눈이 누구 때문에 개 눈이 되었게요?"

놈이 또박또박 말대꾸를 했다.

처음 따라나설 때는 도살장으로 끌려가는 황구처럼 죽을상을 하며 일 장 거리 이상 다가서지도 못하던 놈이 이젠 머리끝까지 기어오른다.

천마가 되어서도 이런 놈들이 있으면 곤란할 것 같았다.

뭐 그때는 그때고.

벌써부터 그렇게 딱딱하게 굴 필요는 없겠지.

하지만…….

퍽!

"아이쿠! 제가 때린 데는 또 때리지 말라고 하지 않았습니까!"

뒤통수를 가격당한 놈이 비명을 지르며 도끼눈을 떴다.

이놈이 감히 천마에게?

무영의 제자인 마소창을 능가하는 놈이다.

그래도 독충이 득실거리는 운남의 밀림에서 같이 고생한 놈이니 봐주지!

"때린 데 또 때리는 게 취미다. 어쩔래, 이 자식아!"

마소창에게 써먹던 수법을 놈에게도 써먹었다.

"내가 말을 말아야지."

놈이 고개를 흔들며 뒤로 물러나 앉았다.

더 까불어봐야 매만 번다는 것을 아는 것이다.

천마가 되었을 때도 교도들에게 그것은 필히 주시시켜야 할 것이다.

"그만 일어서자. 갈 길이 바쁘다."

상념을 접은 부연호는 의자에서 몸을 일으켰다.

"해도 저물어가는데 여기서 자고 가는 게 어떻습니까, 공자님?"

두 명의 청년이 죽을상을 하며 부연호를 쳐다보았다.

"일각이 여삼추다. 자식들아!"

부연호는 뒤도 돌아보지 않고 주루를 나섰다.

한시라도 빨리 무영에게로 가고 싶은 것이다.

"갈 때는 온갖 핑계를 다 대며 농땡이를 부리더니 왜 저렇게
바뀐 거냐?"

청년 하나가 이해가 안 간다는 표정으로 말했다.

"그곳에서 뜬 탁본이 중원 미녀들의 주소인 모양이다."

다른 청년이 말을 받으며 주루를 나섰다.

第八十七章

뜻밖의 수확(收穫)

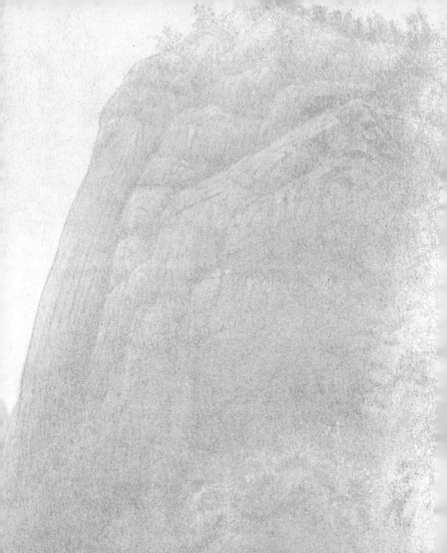

장흥관일

"장강수로타의 총타주는 차송기(車頌技)라는 자로 밝혀졌습니다."

파황문 총단의 한 실내에서 천종화는 여러 장의 서류를 서탁 위에 펼쳐놓은 채 말했다.

그 사실은 개방의 정보력이 총동원되어도 알아내지 못한 것을 중원의 하오문도들이 알아낸 것이다.

하오문도들의 문파인 파황문이 사천의 가장 강력한 신흥 흑도 세력인 흑룡회는 물론이고 다른 흑도방파들까지 순식간에 장악하고 사천 흑도무림의 패자가 되었다는 사실은 세상 모든 하오문도들의 가슴을 뛰게 만들었다. 그리고 더 나아가 그 문주가 파황객의 후예라는 소문은 사천 인근의 모든 하오문도들은 물론, 점차 전 중원의 하오문도들에게도 가슴이 터질 듯한 자부심이 되어 파황문의 일이라면 모두들 발 벗고 나섰다. 그리고 그 결과 이런 성과까지 얻어낸 것이다.

"차송기?"

오인목이 눈을 가늘게 뜨고 그 이름을 되뇌었다.

어디선가 들은 듯한 이름이었다.

"남해마경(南海魔鯨)!"

옆에 있던 지상학이 눈살을 찌푸리며 한 개의 별호를 토해냈다.

"그렇군! 남해마경, 그자야!"

복지강도 기억이 떠올랐는지 목소리를 높였다.

"남해마경…… 그자가 장강수로타 총타주였단 말인가?"

오인목이 신음처럼 중얼거렸다.

남해마경!

십 년 전쯤 남쪽 바다에서 악명을 떨치던 자였다.

수공을 펼치는 데 있어서는 타의 추종을 불허하는 자로, 한 모금의 대기만으로 한 시진 이상을 바다 속에서 돌아다닌다는 소문이 나돌 정도였다.

나중에는 그가 고안한 작은 공기통에 공기를 넣어 허리춤에 차고 다니며 필요할 때마다 그것으로 한 모금씩 대기를 마시며 하루 종일 물속에 있을 수도 있다고 했다.

또한 그는 고심해서 익힌 수공의 영향으로 물속에 들어가면 온몸에 비늘이 돋아나 물고기나 마찬가지의 인간이라고 했다.

남해의 지배자로 한창 악명을 날리던 중 태풍이 강하게 불던 어느 날 느닷없이 사라졌던 그가 현재 장강수로타의 타주가 되어 있다는 말이다.

"그자는 대체 그동안 어디에 있다가 갑자기 장강수로타의 총타주가 되었단 말인가?"

오인목은 천종화를 보며 물었다.

"그런 사정들은 전혀 알려진 것이 없다고 해요."

이번에는 염지란이 답했다.

장강수로타 총타주가 차송기라는 것을 알아내는 데도 하오문도들의 많은 희생이 따랐다. 그리고 그것만으로도 큰 수확이었다.

정체를 알아낸 이상 그의 성향이나 능력 등을 감안하여 앞으로 그가 어떻게 움직일지 예측도 가능하다.

"그럼 그자는 지금 어디에 거주한다고 하던가요?"

화연옥이 총기 가득한 눈을 반짝이며 물었다.

"그것 역시 밝혀지지 않았어요. 하루도 같은 곳에 거주하는 법이 없이 이곳저곳으로 거처를 옮긴다고 하더군요."

"여우같은 놈이로군."

염지란의 대답에 오인목이 얼굴을 찌푸렸다.

그런 정도로 약은 놈이라면 잡기가 보통 힘든 게 아니다. 땅위도 아닌 강에서 그런 식으로 움직이기에 더 힘들 것이다.

사천의 흑도를 장악한 후 파황문은 장강수로타의 우두머리에 대한 정보 수집에 집중했다.

녹림십팔채의 채주에 대해서는 무당산에서 사로잡은 독두 홍사 반소를 통해 파악하고 있었지만 장강수로타주는 아직 알 아내지 못한 것이다.

현재는 그놈들이 산로와 수로를 틀어막고 모든 분란을 조장 하고 있었다. 물론 그 배후는 무황성이 확실하겠지만 그 증거 는 어디에도 없었다. 그러기에 우선적으로 놈들을 잡는 것이 점점 임박해 가는 흑백대란을 최대한 지연시키는 방안이었다.

'어떻게 하면 놈에게 접근이 가능할까?'

오인목은 눈 사이를 좁히며 생각을 집중했다.

잡는 것은 나중이고 우선은 접근이라도 해야 한다. 그러고 나야 잡을 기회나마 생긴다.

"우선 문주님에게 알리도록 합시다. 정체가 드러난 이상 방 법도 있겠지요."

천종화가 긴 한숨과 함께 말했다.

그는 그동안 고심하던 장강수로타주의 정체를 알아낸 것만 으로도 한시름 놓은 것이다.

"문주님은 어디에 계시오?"

오인목이 천종화를 보며 물었다.

무영이 파황객의 후예임을 안 그는 온통 감동의 도가니에 빠져 한참 동안 헤어 나오지 못하다가 이제는 누구보다 더 공 손하게 문주님이란 칭호를 빼먹지 않았다.

"사제들의 수련을 돌보아준다고 했습니다."

천종화가 대답하며 무영이 있는 수련장에 시비를 보냈다.

무영은 그동안 바쁜 와중에도 상문 문도들에게 자신의 성취를 전해주기 위해 심혈을 기울였다.

상문 무공의 약점을 뛰어넘은 그의 성취는 전혀 새로운 경지였고 그의 사제들은 놀라다 못해 황홀한 표정을 하며 모래바닥이 물을 빨아들이듯 무영의 가르침을 받아들이고 있었다.

이런 식으로 십 년만 지난다면 상문은 절대고수 여럿을 거느린 거대문파로 거듭날 수 있을 것이다.

"남해마경?"

수련장에서 나온 무영은 눈을 가늘게 뜨며 차송기의 별호를 읊었다.

들어본 적이 있는 별호였다. 그리고 그가 장강수로타 총타주가 되었다는 것이 의외였다.

비록 장강수로타가 대단하긴 하지만 남해를 주름잡던 그에게는 좁은 구석이 있었다. 특히 그의 무공은 드넓은 바다에서 최대한의 능력을 발휘하도록 발전했기에 강에서는 조금 부자연스러운 면이 있을 터였다.

"좀 의외로군. 내가 알기에 그자는 명예나 물욕보다는 드넓은 바다를 종횡하며 자기 뜻대로 사는 것을 좋아했다고 들었는데."

무영은 고개를 갸웃거리며 말했다.

"그렇게 따지면 녹림십팔채주 종태목(宗台木)도 마찬가지지요. 그자 역시 무리를 짓는 일에 별 뜻이 없어 혼자 떠돌다가 어느 날부터 종적이 묘연했지요."

호찬성이 녹림십팔채주의 이름을 거론하며 말했다.

녹림십팔채주 종태목은 독검혈랑(毒劍血狼)이라는 별호와 함께 온 중원을 늑대처럼 돌아다니던 자였는데 한동안 소식이 들리지 않다가 녹림의 제왕이 되어 있었다.

"둘 모두 무황성주에 의해 만들어진 자들이니 그럴 수밖에 없겠지요."

오인목이 말을 받았다.

"어쨌든 수고 많으셨습니다. 놈들의 정체를 알았으니 이젠 본격적으로 잡을 계획을 세워봅시다. 놈들을 처치하면 혼란이 반으로 줄어들고 단목상군의 계획이 큰 차질을 빚게 될 겁니다."

무영은 차분한 목소리로 그간의 노력을 치하했다.

그동안 파황문의 주축을 이루는 그들은 눈코 뜰 새 없이 바쁘게 움직였다.

개파대전을 치른 직후부터 흑룡회를 무너뜨리고 인근의 녹림까지 휩쓸어 사천의 흑도를 평정해 나가기 시작했다. 절정 고수들의 압도적인 무위로 그것이 가능했지만 전투의 횟수와 이동한 거리만으로도 입이 벌어질 정도였다.

"그런데 놈들이 어디 웅크리고 있는지는 어떻게 알아내지요?"

염지란이 조심스럽게 물었다.

녹림과 장강 줄기에서 어지럽게 움직이는 놈들이라면 잡는 일은 거의 불가능할 것 같았다.

"그건 우리만으로는 안 되고…… 정파무림과 힘을 합쳐야지요."

대답과 함께 무영은 벽에 걸린 중원전도에 시선을 고정시켰다.

그 지도는 무황성 외밀원주 요화극의 방에 걸려 있던 것보다 오히려 더 상세하게 중원의 모든 지역들이 묘사되어 있었다.

"추풍신개에게 연락을 해야겠으니 전서구를 좀 준비해 주시오."

무영의 지시에 염예령이 신속히 밖으로 나갔다.

*　　　*　　　*

어둠이 짙어지는 시각.

파황문의 총단이 있는 곳으로 일단의 무리들이 소리없이 접근하고 있었다.

"저곳입니다."

어둠 속에서 낮은 중년인의 목소리가 들렸다. 그 뒤로 여러 명의 사람들이 조심스럽게 움직이고 있었다.

족히 오십 명은 될 듯한 인영들이었다.

"확실한가요?"

낮은 여인의 목소리가 중년인의 목소리에 화답했다.

"확실합니다. 그동안 여러 추적꾼들을 통해 확인한 정보입니다."

중년인이 답했다.

"그럼 그자는 저 안에 있나요?"

여인이 다시 물었다.

"보초들을 모두 제거하며 왔으니 아직 아무것도 모르고 안에 있는 것이 확실합니다."

중년인이 한층 더 조심스럽게 답했다. 그런 중년인의 목소리에는 은은한 공포감마저 깃들어 있었다.

"두려운가요?"

여인이 물었다.

중년인이 찔끔하며 대답을 하지 못했다.

"아가씨는 두렵지 않습니까?"

잠시 후 중년인이 도리어 반문했다.

"두려움 같은 건 살아 있는 자들의 몫이에요. 난 이미 죽은 사람이에요."

여인이 아무런 감정이 섞이지 않은 목소리로 답하고는 고개를 돌렸다.

"아가씨!"

옆에 있던 다른 중년인이 타이르듯 여인을 불렀다.

한쪽 소매가 헐렁하게 바람에 날리는 사내였다.

"몸을 보중하셔야 합니다. 그래야……."

"지금 시작해요!"

외팔이 중년인의 말을 자르며 여인이 단호하게 지시를 내렸다.

"…알겠습니다."

처음 여인과 대화를 나누었던 중년인이 고개를 끄덕이고는 뒤를 따라온 사람들을 향해 손을 들어 올렸다.

끼리릭!

중년인의 손짓과 함께 무거운 마찰음이 울리며 무언가 힘겹게 돌아가는 소리들이 이어졌다. 그리고 잠시 후, 그 소음들이 멈추고 정적이 찾아왔다.

"발사!"

중년인이 들어 올렸던 손을 내리며 명령을 내렸다.

피잉!

핑!

활시위가 튕겨지는 날카로운 파공음과 함께 창대만 한 화살들이 허공으로 쏘아져 나갔다.

노궁(弩弓)에서 발사되는 강전이었다. 그리고 그 강전들 앞쪽에는 무언가 뭉툭한 물체들이 매달려 있었다.

"다시 장전!"

강전들이 목표물에 떨어지기도 전에 중년인이 다시 지시를 내렸다.

끼리릭!

예의 그 무거운 마찰음이 들렸다.

뒤이어 커다란 폭음과 함께 불길이 치솟아올랐다.

쾅!

콰앙!

난데없이 터지는 폭발에 하오문도들이 비명을 지를 새도 없이 허공으로 튕겨 올랐다. 그리고는 수천 조각의 육편이 되어 떨어져 내렸다.

강력한 벽력탄이었다.

피이잉―

피잉!

벽력탄을 매달은 화살들이 다시 허공에서 쏟아지고 있었다.

"대체 이게 무슨 날벼락이냐?"

사내 하나가 고함을 지르며 몸을 날렸다.

아닌 밤중에 홍두깨란 말은 이럴 때 쓰이는 말이었다.

콰앙!

사내의 바로 옆으로 벽력탄 하나가 떨어지며 폭발음과 함께 섬광이 터졌다.

사내의 몸이 벽력탄과 같이 터져 나가며 사방을 피로 물들였다.

쌔애액!

벽력탄을 묶은 강전이 날아오는 소리보다 더 날카로운 소음이 한쪽에서 터졌다.

파파파팟!

포물선을 그리며 날아오던 강전들이 동강나며 급전직하로

떨어져 내렸다. 그리고 그 아래쪽인 담장 밖에서 폭발이 일어났다.

피잉—

펑—

다시 강전들이 날아왔다.

하지만 이번에는 더 바깥쪽에서 동강나 떨어져 내리며 폭음이 터졌다.

"이게 어찌 된 일이냐?"

수신호로 강전을 날리던 중년인이 고함을 질렀다.

처음 몇 번의 공격과는 달리 강전은 얼마 날아가지 못하고 날개 꺾인 새처럼 아래로 떨어지며 그곳에서 벽력탄이 터졌다.

"대체 어찌 된 일이냔 말이다!"

중년인이 다시 고함을 질렀다. 그러나 노궁을 다루는 사람들은 그것에만 신경 쓰느라 주변 상황은 더 알 수가 없었다.

"화살들이 무언가에 부딪쳐 모조리 잘라지고 있습니다."

앞쪽에서 공격의 성공 여부를 확인하고 있던 사내가 급히 달려오며 고함을 질렀다.

"부딪치다니? 텅 빈 허공에서 무엇과 부딪친다는 말이냐?"

중년인이 말이 되느냐는 표정으로 마주 악을 썼다.

"비검술이나…… 그것도 아니면 이기어검술 같습니다."

사내가 혼비백산한 표정으로 답했다.

중간에서 꺾여 추락한 화살 하나가 자신과 얼마 떨어지지 않은 곳에서 폭발하는 바람에 반쯤 정신이 나간 것이다.

"이기어검술이 뉘 집 강아지 이름이냐!"

중년인이 악을 썼다.

"다시 장전하세요!"

여인이 단호한 목소리로 말했다.

아까 한 말대로 그녀의 표정이나 목소리에는 한 점의 두려움도 섞여 있지 않았다.

"이젠 벽력탄이 얼마 남지 않았습니다."

노궁을 다루던 누군가가 말했다.

"모조리 장전하세요."

여인이 지시했고 다시 노궁의 활시위가 당겨졌다.

피피피핑!

당겨진 활시위가 튕겨지는 날카로운 파공음이 들렸다.

"누가 벌써 발사하라고 했나!"

중년인이 목이라도 벨 듯이 고함을 쳤다.

그러나 강전은 한 개도 발사되지 못했다. 바람처럼 날아온 무언가가 활시위를 모두 끊어버린 것이다. 활시위가 튕기는 소리는 강전을 발사하면서 나는 소음이 아닌, 시위가 방아쇠에 걸리기 전에 끊어지는 소음이었다.

"그게 아니라…… 크윽!"

망연한 표정으로 자신의 노궁을 내려다보던 사내가 비명을 지르며 쓰러졌다. 그와 동시에 비슷한 비명성이 터지며 근처에 있던 사내들이 연방 바닥을 뒹굴었다.

"대체… 무슨 일이냐?"

중년인이 검을 빼 들며 앞으로 달려나갔다.

"이, 이게……?"

중년인의 눈이 경악으로 물들었다.

노궁의 활시위가 모조리 끊어져 있었다. 또한 노궁을 다루던 부하들의 목줄도 같이 끊어져 바닥을 뒹굴고 있었다.

중년인은 사방으로 고개를 돌렸다.

이건 한 사람의 솜씨가 아니었다. 최소한 스무 명은 뛰어들어야 가능했다. 그러나 주변에는 자신의 부하들 외에 어떤 다른 움직임도 느껴지지 않았다.

"대체 어떤 놈이냐?"

중년인은 귀신에라도 홀린 표정으로 고함을 질렀다.

"그건 내가 묻고 싶은 질문이다!"

뒤쪽에서 차가운 음성이 들렸다.

중년인은 급히 신형을 돌렸다.

검은 무복을 입은 인영이 근처의 나무 꼭대기에서 날아 내리고 있었다.

마치 허공을 밟고 내리는 듯한 표홀한 신법이었다.

중년인은 자신도 모르게 뒷걸음질을 쳤다.

날아 내리는 흑의인의 눈에서 내부를 온통 얼릴 듯한 광채가 쏟아져 나왔다.

"당신이었군!"

천천히 바닥에 내려앉은 흑의인이 가라앉은 목소리로 말했다.

중년인은 흑의인이 쳐다보는 방향으로 고개를 돌렸다.

지금의 이 상황을 주도한 여인이 창백한 표정으로 흑의인을 쳐다보고 있었다.

무황성의 금지옥엽인 단목진희였다. 또한 그녀의 지시로 벽력탄을 날린 중년인은 벽씨세가의 가주 벽장진(霹張珍)이었다.

"복수행을 나선 것인가?"

무영이 여전히 차가운 눈으로 단목진희를 쳐다보며 말했다.

단목진희는 그 자리에서 꼼짝도 않은 채 무영을 쏘아보고 있었다.

자신의 모든 것을 파멸시킨 인간!

그동안 얼마나 이를 갈며 복수의 날을 기다렸던가?

벽씨세가에는 총 마흔 개의 벽력탄이 있었고 이번 행차에서른 개를 들고 나왔다. 그것이면 웬만한 문파 하나는 쑥대밭으로 만들고 그 혼란한 틈을 타 복수할 수도 있을 것이라 했다.

그런데?

채 열 개도 제대로 명중시키지 못하고 모두 엉뚱한 곳에 터지고 말았다. 그리고 이젠 노궁의 활시위가 남김없이 끊어졌고 노궁을 다루는 궁사들도 모조리 목이 잘린 채 고혼이 되었다.

모두 저 마귀 같은 인간 때문이었다.

다리가 후들거려 왔다.

오랫동안 꿈속에서 시달렸던 괴물의 모습이 무영과 겹쳐졌다.

죽을힘을 다해 그 괴물의 공포에서 벗어났다고 생각했는데 다시 마주치니 모든 것이 허사였다.

괴물의 모습은 더 흉포해졌고 훨씬 단단한 껍질에 둘러싸인 것 같았다.

단목진희는 손에 든 진천뢰 하나를 더욱 세게 움켜쥐었다.

벽력탄보다 열 배는 더 강력한 화탄이었다.

"아가씨, 물러서십시오!"

수신호위 중 살아남은 이지송과 임대봉이 급히 나서며 단목진희의 앞을 가로막았다. 그들 역시 무영과 다시 대면하며 파랗게 질린 표정이 되어 있었다.

자신들 동료 세 명을 순식간에 죽이고 임대봉의 팔을 잘라 버리던 그때도 가공할 무위였지만 지금은 그때보다 몇 배는 더한 것 같았다. 또한 그의 정체가 파황객의 후예로 밝혀졌으니 말해 무엇하랴!

이지송과 임대봉은 불식간에 다리마저 후들거려 옴을 느꼈다.

"비켜서세요!"

단목진희가 두 호위를 밀쳐 내며 앞으로 나섰다.

이를 악다문 그녀는 죽음도 불사할 것 같은 표정이었다.

"그때 죽였어야 했나?"

무영은 총단 건물 하나가 불에 휩싸인 모습을 보며 중얼거렸다.

열 개도 안 되는 벽력탄임에도 불구하고 사상자가 수십 명에 이르고 건물 두 개는 완전히 주저앉아 버렸다. 만약 처음부터 안채 건물에 벽력탄이 떨어졌다면 큰 피해를 입었을 것이다.

"그랬다면 당신은 내 아버지 손에 죽었겠지요. 그게 겁나서 날 살려주었던 것이 아닌가요?"

단목진희는 자신의 손에 쥔 진천뢰의 차가운 감촉에서 용기를 얻어 답했다.

"어차피 마찬가지였어. 당신 아버지가 날 찾아왔으니까."

"그, 그게……?"

단목진희의 눈에 강한 불신의 빛이 번져 나갔다.

아버지가 왔다니?

해가 서쪽에서 뜬다 해도 그런 일은 없을 것이다. 또한 정말 그랬다면 아무리 파황객의 후예라지만 자신 나이밖에 안 되는 저 인간이 멀쩡히 살아 있을 수 없었다.

"당신 아버지하고 제대로 한판 붙었지."

"거짓말 말아요. 그렇다면 당신이 이렇게 살아 있을 수 없어요!"

단목진희가 고함을 질렀다.

"맞아. 당신 말대로 거의 송장이 되었지. 하지만 운명은 내

편인 모양이야. 이렇게 희생시켜 주었으니.”

무영이 희미하게 미소 지었다.

단목진희와 두 호위가 자신도 모르게 뒷걸음질을 쳤다.

처음 대면했을 때보다 부드러워진 것 같았지만 왠지 더 두려운 느낌이 들었다. 그때는 한 자루 시퍼렇게 벼려진 칼이었다면 지금은 바위라도 단번에 박살 낼 거대한 철퇴 같았다.

“호북의 벽씨세가인가? 명성은 익히 듣고 있었지만 이 정도인 줄은 몰랐군.”

무영은 벽장진을 쳐다보며 안광을 빛냈다.

벽장진이 주춤 다시 뒷걸음질을 쳤다. 그 역시 진천뢰 하나를 언제나 품에 지니고 다녔지만 지금은 아무런 도움도 되지 못하고 있었다.

휘익!

획!

아닌 밤중에 벌어진 날벼락의 상황이 멈추자 파황문의 사람들이 몸을 날려왔다.

오인목과 화연옥, 서문진충과 그의 제자들, 그리고 장로직을 맡고 있는 복지강 등이었다.

그들이 등장하자 벽씨세가의 인물들도 검을 빼 들며 대치했다. 그리고 그들 중 한 청년이 바로 옆에 있는 벽력탄이 묶인 강전을 들어 올렸다.

쐐애액!

벽력탄을 잡은 청년의 손목이 싹둑 잘려 나갔다.

"아아악!"

청년이 피가 터져 나오는 손목 어림을 부여잡으며 처절한 비명을 질렀다.

무영의 손에 회수된 원앙탈명륜을 쳐다보는 벽씨세가 사람들의 눈이 공포로 물들었다.

자신들의 공격을 무위로 돌려 버린 물건이었다. 동시에 노궁을 다루는 동료들을 모조리 고혼으로 만든 물건이기도 했다.

"이런 죽일 놈!"

조금 전 목줄이 잘린 청년의 옆에 서 있던 청년이 고함과 함께 검을 휘둘러 왔다.

퍼엉!

복지강의 손에서 장력이 터지며 청년이 한 개의 낙엽이 날리듯 뒤로 날아갔다.

그 순간, 단목진희가 손에 쥐고 있던 진천뢰를 던졌다.

자신의 목숨을 도외시한 극단적인 행동이었다.

"멍청한 계집!"

무영이 고함과 함께 손을 흔들었다.

진천뢰가 땅에 떨어지기도 전에 원앙탈명륜에 의해 산산조각나서 허공으로 흩뿌려지며 매캐한 유황 냄새만 진동했다.

짜악!

유령처럼 다가온 무영이 단목진희의 뺨을 갈겼다.

"살려주었으면 목숨 값은 해야지."

무영의 손이 다시 쳐들어졌다.

휘익!

이지송이 일장을 날리며 달려들었다.

무영이 단목진희의 어깨를 잡아 빙글 돌린 채 이지송 앞으로 내밀었다.

기절초풍할 듯 놀란 이지송이 급급히 내력을 회수했다.

"크윽!"

무리한 내력의 회수로 인해 큰 내상을 입은 이지송이 선혈을 토하며 비틀거렸다.

무영은 지풍을 날려 비틀거리는 이지송을 간단히 제압했다.

"그때나 지금이나 상황 파악 못하는 건 여전하군. 그렇게 죽는 게 소원이라면 이젠 확실히 죽여주지. 더 이상 이런 피해는 당하고 싶지 않으니까."

무영은 손을 들어 올렸다. 순식간에 무영의 손이 은광으로 물들었다.

사방의 어둠을 밀어내는 그 광채는 한눈에 보아도 극강한 파괴의 기운이 느껴졌다.

"하앗!"

임대봉이 남은 한 팔로 검을 휘둘렀다. 그동안 좌수검을 익혔는지 왼손으로 휘두르는 그의 검에서도 시퍼런 검기가 솟구쳤다.

무영이 피식 웃으며 임대봉의 검에서 피어오른 검기를 맨손으로 흩어버리고 그의 가슴을 두드렸다.

임대봉이 피를 뿜으며 뒤로 날아가 바닥을 뒹굴었다.

"이젠 네 차례다. 난 두 번씩이나 자비를 베풀 만한 아량은 없다."

손을 들어 올린 무영의 눈이 차갑게 얼어붙었다.

단목진희의 표정에 죽음의 그림자가 어렸다. 그러나 이내 그녀의 표정이 담담해졌다. 이미 죽음을 각오한 모습이었다.

"공자님!"

화연옥이 다급히 나섰다.

"제게 더 좋은 생각이 있어요."

화연옥은 빠르게 말하며 단목진희를 옆으로 끌어당겼다.

"어떤 생각인지 모르겠지만 저런 여인은 가까이하지 않는 것이 좋소. 오로지 자신만 생각하며 주변의 여러 사람을 파멸의 구렁텅이로 같이 끌고 가는 인간의 전형이니까 말이오."

무영은 여전히 손을 내리지 않은 채 말했다.

"가까이하겠다는 것이 아니에요. 좀 알아내고 싶은 것이 있어요."

"알아내고 싶은 것?"

무영이 눈살을 찌푸렸다.

이런 짓까지 벌인 단목진희가 무언가를 쉽게 알려줄 것 같지 않았다. 다분히 자신이 단목진희를 죽이는 것을 막고자 하는 행동이라는 생각이 들었다.

"그래요. 그러니 제게 맡겨주세요."

화연옥은 급히 단목진희의 혈을 제압했다.

이미 삶을 포기한 단목진희는 대처할 생각도 못한 채 뻣뻣하게 굳어졌다.

"이제 당신들 차례군!"

단목진희의 생사를 화연옥에게 맡긴 무영이 벽씨세가 사람들을 쳐다보았다.

단목진희에 이어 벽씨세가 사람들의 얼굴에도 죽음의 공포가 어렸다.

화기를 다루는 데 있어서는 절정의 실력을 가진 그들이었지만 무공에 있어서는 거의 이류를 넘지 못하는 수준이었다.

"살려… 주시오."

무영의 몸에서 피어오른 살기를 감당하지 못하고 온몸을 휘청거리던 벽장진이 혼신의 힘을 다해 소리를 질렀다. 살기에 내상까지 입었는지 두 마디 내뱉는 중에도 연신 선혈을 토했다.

"그들은 죄가 없소. 그러니……."

"그렇게 따지자면 나 역시 당신들에게 죄 지은 일이 없는 것 같은데?"

무영이 추호의 틈도 없이 말을 받았다.

"그건……."

벽장진이 할 말을 찾지 못하고 절망의 눈을 떴다.

무영의 눈빛이나 말투에서 단 한 점의 자비도 찾을 수 없었기 때문이다.

"벽력탄 오십… 아니, 백 개면 어때요?"

서문진충 뒤에 있던 강운설이 나서며 말했다.

노랑머리에 파란 눈을 한 그녀를 본 사람들의 표정에 다른 공포가 번져 나갔다. 혼비백산한 그들의 눈에는 강운설이 염라국의 요괴로 보인 것이다.

"그게 무슨…… 말이오?"

벽장진이 흔들리는 눈으로 강운설을 바라보았다.

"벽력탄 백 개와 여기 있는 사람들 목숨을 맞바꾸자는 말이에요."

강운설은 온 얼굴에 죽음의 공포가 가득한 벽씨세가 사람들을 둘러보며 말했다.

벽장진의 표정이 황망하게 변해갔다.

벽력탄 백 개라면 가문의 모든 화약을 다 쏟아부어도 힘든 숫자였다.

"그건… 우리 가문이 온 힘을 다 해도 힘든 숫자요."

벽장진이 고개를 저었다.

"좋아요. 그럼 칠십 개로 하죠."

"그것 역시……."

"오십 개! 그 이하는 절대 안 돼요."

강운설이 단호하게 말을 맺었다.

벽장진은 고개를 떨어뜨렸다.

그 숫자라도 가문의 기둥뿌리가 뽑혀 나가야 만들 수 있었다. 자신 혼자만이라면 차라리 죽는 것이 나았다. 그러나 같이 온 장남과 식솔들의 목숨까지 자신이 결정할 수는 없었다.

"그렇게 하겠소."

벽장진의 아들 벽모수(霹某洙)가 나서며 고함을 질렀다.

"모수야!"

벽장진이 고함을 질렀지만 벽모수의 눈빛은 더욱 강경해졌다.

"청산이 건재하는 한 땔감 걱정은 할 필요가 없다고 했습니다. 당장은 휘청거리겠지만 아버님과 식솔들이 살아 있으면 문제없습니다."

벽모수는 단호하게 말하고 무영을 쳐다보았다.

"난 우리 가문의 장남인 벽모수라 하오. 내가 인질이 되겠소. 그러니 다른 사람은 모두 풀어주시오."

벽모수는 성큼 앞으로 나섰다.

무영은 무심한 눈으로 벽모수를 쳐다보았다.

건물 두 채와 수십 명의 사상자를 낸 놈들이기에 모조리 쓸어버리고 싶었지만 그것보다는 강운설의 제안이 몇 배 나았다.

뜻밖의 수확이란 생각이 들었다. 또한 강운설이 화연옥에 앞서 그런 생각을 할 줄 몰랐다. 중원인과 다른 이족의 피가 섞인 여인이라 머리 회전도 색다른 모양이란 생각이 들었다.

"좋아! 대신 인질은 네 아버지로 하겠다. 언제까지 만들 수 있겠나?"

무영이 벽모수를 향해 물었다.

자신 대신 부친이 인질이 된다는 조건에 벽모수는 흠칫 신형을 굳히며 무영을 쳐다보았지만 얼음처럼 차가운 무영의 눈을 대하자 시선을 떨구었다.

"일 년이면…… 가능하오."

벽모수가 침통한 음성으로 답했다.

"반년으로 줄여라. 그러면 모두 살려주겠다."

"그건……."

"그 기간 안이 아니면 큰 의미가 없다. 네 아버지 목숨 역시!"

무영이 단호하게 말했다.

"그렇게… 하겠소.

벽모수가 무겁게 고개를 끄덕였다.

第八十八章

음모중첩(陰謀重疊)

장흥관일

"그럴 리 없어요. 거짓말이에요!"

파황문에 벽력탄 공격을 가한 사흘 뒤 마음이 조금 안정된 단목진희에게 화연옥과 염예령은 그간의 사정들을 몇 시진에 걸쳐 모두 설명했다.

그녀들의 설명을 모두 들은 단목진희는 불신 가득한 눈으로 두 여인을 쳐다보며 세차게 고개를 흔들었다.

아버지가 사운혁 사형을 흡정의 도구로 사용하는 그런 짓을 벌이다니.

또한 이제까지 벌인 모든 일이 무림의 평화를 위한 것이 아니라 무림일통과 자신이 무림의 황제가 되겠다는 망상에 의한 것이라니…….

절대로 그럴 리 없다.

이건 아버지를 음해하기 위해 이들이 치밀하게 꾸민 각본이다.

비록 자식들에게 보통의 아버지들처럼 다정다감한 분은 아니었지만 온 무림이 우러러보는 분이 아니던가.

그런 분이 세상을 피로 물들일 그런 계획을 꾸몄을 리 없다.

단목진희는 거듭 고개를 흔들었다.

"우리가 뭣 하러 거짓말을 하겠어요. 그리고 지금 중원의 상황이 우리가 말한 대로 흘러가고 있잖아요."

염예령이 분기가 이는 표정과 함께 말했다.

"아니에요. 거짓말이에요!"

단목진희가 비명처럼 고함을 질렀다.

"당신의 사형인 석모광 공자와 사운혁 공자가 어떻게 생겼는지, 그리고 당신의 아버지가 어떻게 생겼는지, 어떤 무공을 썼는지 다 말할 수 있어요. 그리고……."

염예령의 목소리가 높아지려는 찰나 화연옥이 살며시 염예령을 잡아끌어 말을 멈추게 했다.

"그래요. 단목 소저의 심정은 이해해요. 나라도 그럴 테니까요. 안 그런다면 오히려 제가 단목 소저를 이상한 사람으로 봤을 테지요."

화연옥이 차분한 음성으로 감싸듯 말하자 단목진희가 고개를 들고 화연옥을 쳐다보았다.

"그리고 어쩌면 소저 부친이 아니라 외밀원주 요화극이란 사람의 작품일 가능성이 높아요. 왠지 그런 느낌이 들어요. 그런 종류의 인간이 지속적이고 집요하게 선동하면 극강의 힘을 가진 소저 부친 같은 사람이라도 넘어갈 수밖에 없죠. 오늘은 좀 쉬세요. 우리는 일이 있어서 나가봐야 해요."

화연옥은 단목진희를 혼자 있게끔 염예령과 보초를 서고 있던 사람들까지 모두 데리고 밖으로 나가게 했다.

염예령은 뭔가 더 퍼부을 말이 있는 듯 도끼눈을 했지만 화연옥의 재촉에 한숨을 한 번 쉬고는 등을 돌렸다. 그동안 같이 생활하며 화연옥의 비상함과 사려 깊은 성정을 익히 알고 있는 그녀였기에 자신의 뜻을 접은 것이다.

모두들 나가고 혼자 있게 되자 단목진희는 멍한 눈으로 허공을 응시하며 두 여인이 했던 말을 되새기기 시작했다.

여전히 조금도 믿어지지 않았다. 그러나 두 여인이 했던 말들 중에 어느 것 한 가지라도 억지스럽거나 꾸며낸 부분을 찾을 수 없었다. 개연성이라든지, 순간순간의 정황이 너무 설득력이 있었다.

그러나…….

'아버지는… 아버지는 아니야!'

단목진희는 두 손으로 머리카락을 감싸 쥐며 다시 고개를 흔들었다.

한참 동안 그렇게 있던 단목진희는 무언가에 맞은 듯 갑자기 고개를 쳐들었다.

"그래! 요화극 그자라면……?'

그자라면 그러고도 남을 것이다.

어둠 속에 웅크린 마귀할멈처럼 기분 나쁜 인간!

남자인지 여자인지 구별도 안 가는 용모와 목소리로 사람들을 부리며 온갖 이상한 짓을 다 하던 인간!

몇 번 보지는 못했지만 정말 기분 나쁜 인간이었다.

그 인간과 아버지가 오랜 시간 독대를 하고 나면 며칠 동안 아버지의 얼굴에서 뭔지 모를 들뜬 기색이 느껴졌다.

지금 생각하니 탐욕 같았다.

'그래! 그 인간의 짓이야!'

단목진희는 입술을 꽉 깨물며 생각을 굳혔다.

부친의 악행에 대한 면죄부를 찾은 단목진희의 얼굴이 비로소 당당하게 변했다.

"저렇게 혼자 두어도 괜찮을까요?"

염예령이 걱정스런 표정과 함께 화연옥을 쳐다보았다.

"괜찮을 거예요. 자신을 위해한다거나 누군가를 위해 자신을 희생할 여자는 절대로 아니니까요."

화연옥이 차분한 목소리로 말했다.

"그래도……."

염예령은 여전히 걱정스러운 표정이었다.

"며칠 동안 지켜본 바로는… 저 여인의 성격은 모든 것을 남 탓으로 돌리는 경향이 있어요. 그렇게 모든 걸 남의 잘못으로 돌릴 이유를 집요하게 찾아낸 후 자신은 홀로 깨끗해지려고 하더군요. 평생 떠받들어지며 산 사람들의 특징이지요. 그런 여인들은 억지로라도 자신의 잘못을 인정하지 않아요. 같은 식으로… 자기 부친의 잘못 역시 누군가 다른 사람의 잘못으로 전가시키려 할 것이 틀림없어요. 징검다리 하나까지 던져 놓았으니 틀림없이 그곳으로 생각을 몰아갈 거예요."

화연옥의 얼굴에 희미하게 미소가 떠올랐다.

"징검다리라면……? 외밀원주라는 사람 말인가요?"

염예령이 화연옥을 빤히 쳐다보며 물었다.

자신으로서는 짐작도 하지 못하는 무영의 의중을 정확히 읽고 행동하는 것을 그동안 여러 번 보았다. 또한 비상한 눈썰미와 직관력도 겸비한 여인이었다. 이번에도 무언가 무영에게 보탬이 될 만한 일을 벌이고 있는 모양이었다.

"그래요."

화연옥이 고개를 끄덕였다.

"그렇게 해서 어떻게 하겠다는 말인가요?"

염예령의 눈에서 궁금증이 가득 흘러넘쳤다.

"아직은 확신할 수 없으니 좀 더 지켜보기로 해요."

화연옥은 방긋 웃으며 대답을 회피했다.

"알겠어요. 어쨌든 잘되었으면 좋겠어요."

염예령은 고개를 끄덕이며 마주 웃었다.

이런 여인이 곁에 있으니 무영에게는 큰 도움이 될 것이 틀림없었다. 그것이 다행스럽기도 하면서 마음 한 구석이 한없이 무거워지는 느낌이 들었다.

'하아—'

염예령은 낮은 한숨을 속으로 삼켰다.

*　　　*　　　*

단 한 점의 빛조차 들어오지 않는 어둡고 축축한 실내.

곰팡이 냄새가 코를 진동했다.

그러나 그것은 차라리 나았다.

더 지독한 것은 인간의 몸에서 나는 냄새였다.

살이 썩고 고름이 흘러내리며 풍겨 나오는 냄새는 곰팡이 냄새보다 열 배는 더 지독했다.

코가 썩어버릴 것 같은 그런 지독한 냄새도 며칠이 지나자 이젠 무감각해졌다. 그리고 며칠이 더 지나자 어느새 자신의 몸에서도 비슷한 냄새가 풍겨 나오기 시작했다.

'내가 왜 여길 들어왔지?'

칠흑 같은 암흑 속에서 문득 한 가닥 자각이 뇌리를 스쳐 지나갔다.

'크으윽!'

그 자각과 함께 지독한 통증이 머리를 쪼갤 듯 스쳐 지나갔다.

하루에도 몇 번씩 반복되는 현상이었다.

그 의문만 떠올리면 지독한 통증이 몰려온다.

"크윽!"

이를 악물었지만 억눌린 신음소리가 입 밖으로 새어 나왔다. 거듭할수록 고통의 강도는 더 높아졌기 때문이다.

퍽!

퍽!

몇 개의 발길질과 주먹질이 날아들었다.

"이곳에서는… 내 허락 없이 아프지도 말아야 한다고… 몇 번을 말했는데도…… 아직 정신을 못 차렸구나."

금방 숨이 끊어질듯 헐떡이는 목소리가 칠흑 같은 어둠 속에서 울리자 주먹과 발길질이 몇 번 더 날아들었다.

바짝 말라 뼈만 앙상한 인간들이었지만 그 깡마른 팔뚝과 다리에서 쏟아지는 힘은 돌이라도 부술 듯 막강했다. 이곳에 수감될 때는 단전을 파괴시켰다고 했는데 그동안 처절한 노력으로 나름대로 어느 정도까지 복구한 모양이었다.

머릿속에서 느껴지는 통증과 죄수들의 주먹질에서 느껴지는 통증으로 위건화는 바닥을 뒹굴었다. 그러면서도 자신이 왜 이런 상황에 처했는지 이해가 되지 않았다.

왜 연공실 대신 이곳 뇌옥으로 들어오는 것이 그때는 그렇게 당연하게 생각된 것일까?

무영에게서 풀려나 무황성으로 돌아온 그때는 이곳 뇌옥에 있는 이무기들에게서 무언가 배우는 것이 지극히 당연한 것으로 생각되었다. 이들을 통해 거의 못쓰게 된 단전을 복구할 수 있을 것이라 생각했다.

하지만…….

단전을 복구하려면 온갖 영약이 비치되어 있는 약왕전이나 기공이서가 즐비하게 모여 있는 만서당(萬書閣)으로 드는 게 백번 옳았다. 그런데 자신은 거리낌없이 이곳으로 왔다.

'심한 자학 때문이었을까? 하지만 이건 무언가 잘못됐다!'

다시 그런 의문을 떠올리자 머리가 빠개질 듯 아파왔다.

'크으윽!'

위건화는 이를 악물고 신음을 삼켰다.

신음소리를 흘리다간 이번에는 정말 죽도록 맞을 것이다.

위건화는 세차게 머리를 흔들어 뇌리에 스며든 의문을 지워버렸다. 그러자 거짓말 같이 고통이 사라졌다.

아무 생각을 하지 않고 머리를 텅 비우자 온몸이 날아오를 듯 가벼워지며 환상에 가까운 희열이 찾아왔다.

이 지옥보다 더한 곳에서 이것만이 유일한 낙이었다.

어린 시절의 즐거웠던 시간들이 연속으로 떠오르고 원인 모를 행복감이 온몸으로 번져 나갔다. 그리고 머지않아 이 지옥을 빠져나갈 수 있을 것 같은 자신감도 충만해졌다.

위건화는 계속해서 그렇게 머릿속을 텅 비워 나갔다.

원한도 잊고, 과거도 잊고, 더 나아가 자신마저 잊어버렸다.

몸은 더 가벼워지고 온몸으로 전해지는 희열은 점점 커져 갔다.

이 현상 역시 반복될수록 강도가 더 강해졌다. 이젠 자신의 의지로는 통제하기 힘들 정도로 강했다.

위건화는 모든 것을 망각하며 마지막까지 붙들고 있던 이지의 끈을 놓아버렸다.

순간,

번쩍! 하고 위건화의 눈에서 섬광이 발출되었다.

실내를 훤히 밝힐 만한 강렬한 눈빛이었다.

"어헉! 이놈이!"

"크윽! 콜록! 콜록!"

"으으윽!"

위건화의 눈에서 쏟아진 섬광을 쳐다본 몇몇 죄수들이 비명을 지르며 바닥을 뒹굴었다.

번쩍!

위건화의 눈에서 다시 섬광이 쏟아졌다.

좀 전보다 한층 더 강렬하고 사이한 빛이었다.

"으아악!"

"크아악!"

더욱 처절한 비명이 흘렀다. 그리고는 모두 미친 듯이 바닥을 뒹굴었다.

"지금부터 너희들은 내 명령에 따른다."

위건화의 입에서 높낮이가 전혀 없는 목소리가 흘러나왔다.

"이, 이놈이…… 미쳤나? 어디서… 이런…… 사악한… 크아악!"

아까의 그 숨이 넘어가는 듯한 노인의 목소리가 들렸다.

노인은 이 방에서는 제일 우두머리로 이름은 모르겠고 별호는 청면독마(靑面毒魔)라 했다.

"반항하면 고통만 커진다. 내 명령에 따라라!"

위건화의 입에서 다시 억양없는 목소리가 흘러나왔다. 그리고 그의 눈에서 계속해서 온 방 안을 훤히 밝힐 만한 안광이 흘러나왔다.

"크으윽… 제발!"

공력이 가장 낮은 사내 하나가 머리를 감싸 쥐고 바닥을 뒹굴며 굴복의 의사를 표했다.

"안 된다…… 이놈! 크아아악!"

청면독마가 끝까지 반항하다가 처절한 비명을 질렀다.

숨이 끊어졌는지 그는 더 이상 아무런 움직임이 없었다.

청면독마가 쓰러지자 아무도 반항하지 않았다. 모두들 멍하니 위건화의 눈만 바라보고 있었다.

"앞으로 너희들은 내 지시를 따른다."

위건화가 다시 높낮이 없는 음성으로 말했다.

"복명!"

방 안의 사내들도 억양없는 목소리로 동시에 답했다.

"지금부터… 바닥에 땅굴을 파서 모든 방을 연결하라. 그 일을 하는데 최고의 힘을 낼 수 있는 심법을 말해줄 테니 그것을 암기하고 운기해라."

사내들의 복창 소리가 들린 후 위건화의 억양없는 목소리가 다시 흘러나왔다.

*　　　*　　　*

무황성의 또 다른 지하 석실.

지옥 같은 어둠의 지하 뇌옥과는 달리 벽에는 여러 개의 등롱이 매달려 있어 실내는 대낮처럼 밝았고 넓은 실내 곳곳에 들어선 가구들은 최고급 재료들로 만들어져 눈이 부셨다.

바닥 또한 멀리 서역에서 들여온 양탄자가 깔려 있었다. 그리고 실내 한가운데는 작은 인공 연못이 만들어져 그 안에 아름다운 색깔의 비단잉어들이 유유히 헤엄치며 놀고 있었다.

비록 창문 하나 없이 외부와는 철저히 차단된 곳이었지만 그 어떤 곳도 부럽지 않은 호화로운 방이었다.

그런데 그 호화로운 처소에 어울리지 않게 한쪽 벽에는 굵은 쇠사슬이 네 가닥 길게 늘어져 있었고 그 쇠사슬에 한 청년이 사지가 결박당한 채 앉아 있었다.

열여섯 살쯤 되어 보이는 소년이었다.

여인처럼 흰 피부에 눈이 부실 듯한 용모는 그야말로 옥골선풍이라는 말로도 부족할 것 같았다.

그런 소년이 쇠사슬에 사지가 결박당해 있다는 것은 도저히 이해가 가지 않는 일이었다.

철렁―

소년이 움직이자 쇠사슬이 육중한 소리를 냈다.

소년은 인상을 찌푸리며 신경질적으로 쇠사슬을 잡아당겼지만 쇠사슬은 조금도 틈을 보이지 않고 소년의 사지를 결박했다.

"으음!"

소년은 낮은 신음과 함께 탁자에 켜져 있는 촛불을 바라보았다.

초의 표면에 여러 개의 금이 그어져 있는 것으로 보아 초는 어둠을 밝히기보다는 시간을 측정할 용도인 것 같았다.

"저주받은 시간이 다가오는군."

소년은 낙백한 음성으로 중얼거리며 바닥에 드러누웠다.

"크으으―"

잠시 후 소년은 신음을 토하며 새우처럼 온몸을 웅크렸다. 그런 소년의 눈이 붉게 충혈되었다.

"으으윽!"

소년은 다시 신음을 흘리며 사지를 뒤틀었다.

소년의 눈이 더욱 붉게 이글거렸다.

소년의 눈에 어린 열기는 고통에 의한 것이 아니라 참을 수 없는 욕망으로 인한 것이었다.

색마의 눈!

소년의 눈은 바로 그것이었다.

색마라는 저주받은 운명을 안고 태어난 자들에게서 나타나는 이글거리는 욕망의 눈이었다.

소년은 뛰어난 용모와는 달리 하루라도 여자의 정기를 흡수하지 않으면 지독한 고통에 몸부림쳐야 하는 저주받은 운명을 타고난 것이다.

덜컹!

소년이 들끓어 오르는 육욕에 몸부림치는 순간 실내의 문이 열리며 한 중년인이 안으로 들어섰다.

놀랍게도 그는 무황성의 이인자 요화극이었다.

그리고 지금 화려한 실내에서 저주받은 운명에 몸부림치고 있는 청년은 그의 하나밖에 없는 아들 요진운(妖珍雲)이었다.

"괴로운 모양이구나?"

요화극은 담담한 시선으로 바닥에 누워 짐승처럼 꿈틀대는 아들을 바라보며 말했다.

"견딜 만합니다."

숨을 헐떡거리며 요진운이 답했다.

"내 아들답구나."

요화극은 감정이 섞이지 않은 음성으로 말을 이었다.

"큭큭!"

소년이 자조의 웃음소리를 흘렸다.

"아버님의 핏줄답다는 말씀입니까?"

나이에 어울리지 않게 짙은 절망적인 아들의 표정에 요화극의 이마가 보일 듯 말 듯 일그러졌다가 원래의 모습으로 돌아왔다.

타고난 천형의 체질만 아니라면 아들은 누구보다 뛰어난 아이였다.

나이답지 않게 뛰어난 오성이나 무공에 대한 천부적인 소질!

모든 것이 자랑스러웠지만 타고난 체질이 문제였다.

성주의 둘째 제자 사운혁이 타고난 옥혈구음체질(玉血九陰

體質)이었다.

주로 여자에게 나타나는 체질로 남자가 그 체질을 타고나면 색마가 되고 만다.

백 년에 한 번 정도 남자에게 나타나는 그 저주받은 체질이 동시대에 두 명에게 나타난 것이다.

그것을 알았을 때 요화극은 아들이 사고로 죽은 것으로 꾸민 후 비밀리에 이런 장소를 만들고 치밀한 계획을 진행시켜 왔다.

"비록 네가 그런 체질로 태어났지만 이 아비는 기필코 그 체질을 고치고 말 것이다. 이 아비가 원해서 이루지 못한 것은 아직 없었다."

요화극은 단호하게 말했다.

"차라리 절 그냥 내쫓아 버렸다면 이런 고통은 겪지 않았을 것입니다. 으윽!"

요진운은 지독한 욕정으로 이를 악물며 말했다.

"그런 나약한 소리는 입에 담지도 말거라. 이제 조금만 참으면 고칠 수 있다. 그 가능성 역시 이젠 충분하다."

요화극은 오른손에 진기를 끌어올렸다. 그의 오른 손바닥에 붉은 기운이 강하게 어렸다.

단목상군이 둘째 제자 사운혁에게서 흡수한 옥혈진기였다. 놀랍게도 그 기운이 요화극의 손에서 뻗어 나오고 있었다.

극강의 내공을 가진 단목상군에게서 완성된 옥혈진기를 서서히 전해 받고 그것으로 아들의 체질을 씻어내면 아들은 평

범한 사람으로 살아갈 수가 있는 것이다. 물론 단목상군으로
부터 그 진기를 얻기 위해서는 그의 야망을 끊임없이 부추기
고 견마지로를 다해야 한다.

단목상군은 요화극이 그 진기를 원하는 이유가 음양인 같은
자신의 외모를 고치기 위해서라고 알고 있었다.

우우웅!

요화극은 요진운의 백회혈에 붉게 빛나는 오른 손바닥을 갖
다 댔다.

"아아악!"

요진운이 고통으로 비명을 질렀다.

"참거라! 너는 내 하나밖에 없는 자랑스런 아들이다. 그 사
실은 하늘이 무너져도 변하지 않는다. 아니, 하늘을 무너뜨려
서라도 이 아비는 너를 세상에서 가장 자랑스런 인간으로 만
들겠다."

요화극은 단호한 목소리로 말하며 요진운의 백회혈에 더욱
강하게 진기를 주입했다.

"크으윽!"

요진운이 더 큰 비명을 지르며 고통에 몸부림을 쳤다.

"제발 절 그냥 두십시오, 아버님! 크으윽! 전 그냥 제 운명대
로 살겠습니다."

"참도록 해라. 그리고 지금의 고통은 곧 충분한 보상을 받을
것이다."

요화극은 더욱 강하게 진기를 주입했다.

"크아아악!"

비명을 지른 요진운은 마침내 의식의 끈을 놓고 혼절하고 말았다.

비로소 요화극은 요진운의 백회혈에서 손을 떼고 쓰러진 요진운을 일으켜 침상에 올려놓았다. 그런 상태에서도 사지에 연결된 쇠사슬은 굳건히 결박되어 있었다.

"조금만 참거라, 내 아들아!"

요화극은 혼절한 아들을 참담한 눈으로 내려다보았다.

세상이 색마에 대해 어떤 응징을 하는지 익히 알고 있었다.

그것은 무황성의 후광이 있다고 하더라도 변하지 않을 것이다.

다행이라면 같은 하늘 아래 똑같은 체질을 가진 아이를 하나 더 내려 치료의 가능성을 열어주었다는 데 있다.

가능성은 그리 높지 않았지만 기필코 고치고 말 것이다.

"진운아!"

비명 소리를 들었는지 중년 미부가 눈물이 홍건한 모습으로 뛰어들어 와 요진운을 끌어안았다.

요진운의 어머니이자 요화극의 부인인 임지옥(林知玉)이었다.

"불쌍한 내 새끼!"

임지옥은 아들의 얼굴에 볼을 비비며 통곡을 했다.

"차라리, 차라리 우리 진운이를 새외로 내보내어 자신의 운명대로 살게 내버려 두세요. 그게 낫겠어요."

임지욱은 울부짖으며 고함을 질렀다.

"고정하시오, 부인! 새외라고 해서 자유로운 곳이 아니오. 그곳에서도 색마의 삶을 살아가는 사람들은 이곳에서나 마찬가지로 공적으로 몰려 처참한 최후를 맞게 되오. 내 하나밖에 없는 아들이오. 기필코 천형을 떨쳐 내고 한평생 아무 부러운 것 없이 살아가게 만들 것이오."

요화극은 다짐을 하듯 목소리를 높였다.

第八十九章

물꼬

장흥관일

"사형에 대해서 좀 얘기해 주실 수 있나요?"

화연옥이 상문의 유일한 여제자인 유자인과 차를 마시며 말했다.

이곳에 도착한 다음날부터 수련에 들어간 그녀는 그동안 잠깐씩밖에 모습을 보이지 않다가 오늘 모처럼 휴식을 가지며 화연옥과 마주 앉은 것이다. 또 그곳에는 염예령과 염지란, 그리고 뜻밖에도 무황성주의 셋째 딸인 단목진희도 있었다.

"제계는 여러 사형이 있는데 어떤 사형 말인가요?"

유자인이 시치미를 뚝 떼며 되물었다.

화연옥이 말하는 사형이 무영이라는 것은 짐작하고도 남았지만 그녀는 딴전을 피우며 장난을 치는 것이다.

"그러지 말고 얘기 좀 해줘요."

화연옥도 발그레 옥용을 물들이며 졸랐다.

"무영 사형 말인가요?"

유자인이 미소와 함께 말했다.

"그 이름은 본명인가요?"

화연옥은 무영의 이름부터가 궁금했다.

무영이라는 이름은 너무 잘 어울렸다. 하지만 그 때문에 더욱 작위적인 냄새가 났다.

"본명은 아닌 걸로 아는데 전 처음부터 무영 사형, 또는 셋째 사형이라고 불러서 본명은 몰라요. 어렸을 적부터 워낙 그림자도 남기지 않고 신출귀몰하게 행동해서 그렇게 불렸다고 해요."

유자인이 아련한 표정을 지었다.

그 표정을 보아 어린 시절, 무영에 대한 아름다운 추억이 많은 것 같았다.

"사랑하는 여자가 있었나요?"

화연옥은 작정한 듯한 표정과 함께 물었다.

"그건……."

유자인이 흠칫 놀라며 표정이 굳어졌다.

"왜 그런 생각을 하셨죠?"

잠시 후 유자인이 도로 질문을 던졌다.

"왠지 그런 것 같아서요."

화연옥이 담담하게 답했다.

"저도…… 확실히는 몰라요. 말을 안 해주었으니까요."

유자인은 대답을 회피했다.

화연옥이 무영에 대해 깊은 관심을 가지고 있다는 것을 알고 있었기에 그녀의 표정은 더욱 조심스러워졌다.

"그 여인…… 죽었나요?"

화연옥은 다시 단도직입적으로 물었다.

유자인은 돌처럼 굳은 표정으로 화연옥을 쳐다보았다.

보통 영리한 여인이 아니라는 것은 알았지만 이렇게 모든 걸 짐작할 줄은 몰랐다.

"말해주세요. 알고 싶어요."

화연옥은 애원하듯 말했다.

"그건…… 사형에게 직접 듣도록 하세요. 그게 나을 것 같아요."

유자인은 무겁게 고개를 저었다.

"그건 공자님에게 너무 큰 아픔을 일깨우는 것 같아서 도저히 못하겠어요. 그러니 유 소저께서 말해주세요. 꼭 알고 싶어요."

화연옥은 간절한 눈으로 유자인을 쳐다보았다.

"그래요. 그건 사형에게…… 못할 짓이에요. 정말 못할 짓이지요."

긴 한숨을 내뿜는 유자인의 두 눈에서 자신도 모르게 주르르 눈물이 흘러내렸다.

눈물도 닦지 않고 한참 동안 창밖을 응시하던 그녀는 마침내 입을 열었다.

"목숨보다 사랑하는 여인이 있었다는 것을 느꼈어요. 우리 문파 무공의 약점을 극복하고자 사도맹에서 반년가량 지냈던 적이 있었는데… 그곳에서 만났나 봐요. 그곳에 갔다 온 뒤 사형의 표정은 온 세상을 다 얻은 것 같았어요. 그러다 조사님의 흔적을 찾아 새외로 나갔고…… 돌아왔을 때 사도맹이 멸망한 것을 알고는 반쯤 미쳤어요. 그때 전 사형이 말라 죽는 줄 알았어요. 옆에서 보는 사람들이 다 피가 마를 지경이었으니까요. 인간이 그렇게 괴로워할 수 있는 존재라는 걸 처음 알았어요."

유자인의 눈에서 흐르는 눈물이 더욱 굵어졌다.

"사도맹……. 사도맹의 여인이었다는 말인가요?"

단목진희가 떨리는 목소리로 물었다.

화연옥과 염지란도 놀란 눈으로 유자인과 단목진희를 번갈아 쳐다보았다. 무영에게 잊지 못할 여인이 있다는 것은 짐작하고 있었지만 사도맹의 여인인 줄은 몰랐기에 유자인의 입술만 쳐다보았다.

"그래요. 그곳 맹주의 딸이라고 알고 있어요. 선녀처럼 아름답고 고결한 여인이었다고 했어요. 나중에 안 사실이지만… 짐승 같은 자들의 손에 능욕당하지 않으려고 절벽으로 뛰어내렸다고 했어요."

거기까지 말한 유자인은 몇 번의 심호흡과 함께 북받친 감정을 가라앉혔다.

"내가 잘못한 것이 있으면 모두 자기가 뒤집어쓰고 대신 벌을 받아주던 너무나 다정한 사형이었는데…… 북해빙풍이 불어온다 해도 곁에 있으면 단 한 점의 추위도 느끼지 않게 해줄 것 같던 사형이었는데…… 지금은 웃는 모습에서도 모래사막 같은 황량함이 느껴져요."

유자인이 창밖을 응시했다.

"내 셋째 사형은 그때… 같이 죽었어요."

유자인의 눈에서 다시 주르르 눈물이 흘러내렸다.

그동안 몇 번밖에 못 만났지만 그때마다 요조숙녀보다는 말괄량이에 더 가깝게 느껴지던 유자인의 닭똥 같은 눈물은 그때 무영의 슬픔이 어떠했는지 조금이나마 짐작케 해주었다.

고개를 떨어뜨리고 있던 단목진희의 눈에도 얼핏 물기가 어렸다.

'사운혁…… 더러운 인간!'

둘째 사형 사운혁이 어떤 사람이라는 것은 철이 들면서부터 익히 알고 있었다.

단 하룻밤도 홍화각 여인들을 품지 않고는 잠을 못 자는 색마 같은 인간이었다. 때로는 자신을 쳐다보는 눈에서도 끈적한 욕망의 기운이 느껴졌다.

그 인간이 어떻게 마지막까지 살아남았는지 항상 이해가 가지 않았는데 언젠가 외밀원의 정보로 인해 위기를 모면하는 것을 본 적이 있었다.

'외밀원주 요화극!'

사운혁에 대한 단목진희의 혐오감이 요화극에게로 전이되어 갔다.

모두 그 인간 때문이었다.

마련과 사도맹을 무너뜨릴 때도 그 인간이 모든 것을 계획했고, 정파에 첩자를 심는데도 외밀원이 모든 것을 주관했다고 들었다.

처음에는 고민하는 듯한 표정을 보이던 아버지도 그 인간만 만나고 나면 흥분을 감추지 못하고 들뜨게 되었다.

"그래서 복수행을 시작한 것이군요?"

염예령도 눈가에 어린 물기를 닦으며 말했다.

"그리고 그 복수행의 끝은 무황성주겠지요."

화연옥이 무심코 내뱉자 단목진희가 화들짝 놀라며 상념에서 깨어났다.

그녀는 고개를 들어 사방을 두리번거렸다.

잠시 주변 분위기에 젖어 자신을 망각했었다.

자신은 이 실내에 있는 사람들과 일행이 아니라 규탄의 대상이었다. 더 나아가 이들이 행하고자 하는 복수의 대상이기도 했다.

이들이 생각을 바꾸어 자신을 죽이려 한다면 속절없이 죽은 목숨이 될 수도 있었다. 그때 화연옥이 나서지 않았다면 벌써 염라국에서 지내고 있을 것이다.

그런데 같이 지내다 보니 자꾸 그 생각이 흐려지고 자신이 몸담았던 무황성에 대해 은연중에 적대감마저 일고 있었다.

"단목 소저!"

화연옥의 목소리에 단목진희는 깜짝 놀라며 자리에서 벌떡 일어섰다.

"왜, 왜 그러시나요?"

단목진희는 사색이 되어 화연옥을 쳐다보았다.

이곳에서 유일하게 무영이 고분고분하게 대하는 여인이었다. 그녀가 마음을 바꾼다면 자신은 죽은 목숨이 될 것이다.

"같이 산책이나 할까요?"

화연옥은 단목진희의 대답도 듣지 않고 먼저 몸을 일으켰다.

"그, 그래요."

단목진희는 반사적으로 화연옥을 따랐다.

그동안 결박하거나 감금해 놓은 것은 아니지만 하루 종일 밖으로 나가지 못했다. 그래서 바깥 공기가 쐬고 싶었다. 그런 생각도 간절했지만 그보다는 바늘방석에 앉은 것 같은 상황에서 벗어나고 싶었다.

"인간의 능력은 참으로 대단하죠?"

단목진희를 이끌고 정원 주변을 산책하던 화연옥이 불쑥 질문을 던졌다.

"뭐가… 말인가요?"

단목진희는 다시 상념에서 깨어나며 되물었다.

"한 인간이 장력으로 이것을 반쪽 내었다는 사실 말이에요."

화연옥은 파황문 개파대전 때 무영이 반쪽 낸 바위를 가리키며 말했다.

"말도 안 돼요!"

단목진희가 고함을 지르듯 말했다.

저런 크기의 바위를 직접 가격하여 반쪽 낸 것이 아니라 장력으로 반쪽을 냈다는 것은 믿을 수가 없었다.

"개파대전에 참석한 사람들은 모두 보았죠. 그리고 전 누구보다 가까이서 보았어요. 바위에 손바닥을 댄 것 같았지만 손가락 한 마디 정도는 뗀 상태에서 장력으로 갈랐어요. 직접 가격했다면 박살이 나지 이렇게 두 쪽으로 갈라지지 않았겠죠."

화연옥의 설명에 단목진희는 질린 표정으로 갈라진 바위 표면을 살펴보았다.

화연옥의 말대로 인간의 힘이란 정말 무궁무진했다.

그리고……

이 정도라면 절대 아버지의 아래가 아니었다.

아니, 어쩌면 아버지보다 더 막강한 것 같았다.

무영이 파황객의 후예라는 것을 들었을 때 느꼈던 공포감이 다시 전해져 왔다.

만약 그가 아버지와 대결을 벌인다면?

아버지가 꺾이든지 최소한 돌이키기 힘든 양패구상에 이를 것 같았다.

"이걸 왜 내게 보여주는 건가요?"

단목진희는 가라앉은 눈으로 화연옥을 쳐다보았다.

이 영리한 여인이 절대로 자신에게 바람만 쐬어주기 위해 나오지 않았다는 것을 느낀 때문이었다.

"파국을 막고 싶어서예요."

"파국?"

단목진희의 미간에 주름이 잡혔다.

"그래요. 소저의 부친이 무황성의 절대자이긴 하지만 파황객의 후예인 무영 공자 역시 파천황의 무공을 지니고 있어요. 작년 봄에는 소저 부친에게 당했지만 그 후 무당산에서 대성을 이루고 상문무공의 약점을 모두 극복한 것으로 알고 있어요. 그런 두 사람이 계속해서 서로 마주 보고 달려가면 결국에는 파국으로 치닫게 될 뿐이에요. 그 파국의 과정에서 수많은 사람들이 피를 토하며 죽어나가는 것은 불을 보듯 뻔하지요."

화연옥은 잠시 심호흡을 한 후 말을 이었다.

"벌써 많은 사람들이 죽었어요. 하지만 앞으로는 지금과는 비교도 할 수 없을 정도로 많은 사람들이 죽게 되겠지요. 대체 뭘 위해 그렇게 하는 건가요?"

화연옥의 시선이 찌르듯이 단목진희의 동공을 파고들었다.

"난, 난……."

"부친의 일이라 소저는 모르겠다는 말인가요?"

화연옥의 눈빛이 훨씬 더 날카로워졌다.

"이해해요. 나 역시 아무리 생각해도 납득이 가지 않으니까요. 무황성의 성주라면 강호에서는 만인지상의 위치로 이미 모든 것을 다 가졌죠. 그런 사람이 왜 그런 일을 벌일까? 도저히 납득이 안 가는 일이니까요."

화연옥은 시선을 거두며 고개를 끄덕였다.

날카롭게 쏘아붙이다 갑자기 긴장의 끈을 잘라 버리는 화연옥의 말에 단목진희는 멍하니 그녀만 쳐다보았다.

"이런 말이 있죠, 나무는 가만히 있고 싶으나 바람이 그냥 두지 않는다고……. 와호장룡의 무황성이라면 무수한 바람들이 있겠죠?"

이번에는 화연옥이 단목진희에게 질문을 던졌다.

단목진희는 아무 대답도 하지 못하고 뚫어져라 화연옥만 쳐다보았다.

"그런 바람들은 계속 불어대는 것이 자신들의 존재 가치를 증명하는 일이라 생각하며 쉴 새 없이 불어대며 나뭇가지를 흔들죠."

화연옥의 눈매가 다시 날카로워졌다.

"무슨… 뜻인가요?"

단목진희가 떠듬거리며 물었다.

"외밀원주 요화극!"

"요화극?"

"그래요. 지금의 이 모든 혼란은 그자의 짓이란 생각이 들어요. 그자가 자신의 존재 가치를 강화하고자 끊임없이 나뭇가지를 흔들어 이젠 그 둥치까지 흔들리고 있죠. 그자만 없었다면 소저의 아버님은 일대의 정인군자로 모든 이의 칭송을 받으며 무림사에 길이 남을 거예요."

화연옥이 단호하게 말을 맺자 단목진회의 눈빛이 어지럽게 흔들렸다.

자신이 지금까지 하고 있던 생각이 그것이었다.

화연옥의 말대로 그자만 아니었다면 더 이상 아무것도 부러울 것 없는 아버지가 이런 일을 벌일 이유가 없었다. 그자가 토사구팽을 걱정하며 자신의 위치를 확고하게 하고자 끊임없이 아버지를 부추긴 것이다.

성안에 있을 때는 무황성의 힘이라면 강호무림을 모조리 휩쓸 것도 같았다. 그러나 성 밖에서 한발 물러나 바라보니 절대 그렇지 않았다.

강호 무림의 힘은 만만치 않았다. 또 파황객의 후예인 무영도 건재하다. 그리고 무영의 활약에 의해 요화극의 계략에 큰 차질들이 생기고 있었다. 계속 이런 식으로 가다간 무황성은 결국 파국을 맞고 말 것이다.

그 파국의 끝에 남는 것은 무엇일까?

무영이란 사람은 자신의 편에 선 사람들에겐 다정할지 몰라도 상대에게 냉혹하기 짝이 없다.

파국의 끝자락에서 마주친다면 그는 가족들을 단 한 사람도 살려주지 않을 것이다.

벽력탄 공격에 실패하고 잡혔을 때 자신을 쳐다보던 그 차갑던 눈을 떠올린 단목진회는 자신도 모르게 신형을 떨었다.

"제게 원하는 게 무엇인가요?"

단목진희는 긴 한숨과 함께 마지막 질문을 던졌다.

이 순간을 위해 화연옥은 자신을 살려주었고 지금까지 먼 길을 돌아온 것이다.

"외밀원주, 그자를 잡게 도와주세요."

화연옥은 더 이상 돌리지 않고 직설적으로 말했다.

"제가 어떻게요. 전 그자의 이름 정도밖에 몰라요."

단목진희는 고개를 가로저었다.

그자에 대해서 아는 것이라고는 이름과 남자인지 여자인지 구별도 안 가는 기분 나쁜 외모 정도였다. 그것도 몇 번밖에 보지 못했다.

그는 무황성에 가장 확실하게 존재하면서도 보이지 않는 존재였다.

"당장은 떠오르지 않겠지만 깊이 생각하다 보면 좋은 수가 떠오를 수 있어요. 그리고 소저가 마음만 먹는다면 우리가 방법을 생각해 낼 수도 있고요."

화연옥은 그간 집요하게 이런 상황까지 이끌어온 것과는 달리, 차분하고 담담한 음성으로 말했다.

"소저는… 정말 무서운 분이군요."

단목진희는 끝까지 담담하게 자신을 바라보는 화연옥을 향해 말했다.

무영의 손에 죽임을 당하려던 자신을 물어볼 것이 있다고 구해낸 그녀는 그동안 한마디도 묻지 않았다.

그때 다그쳐서 무언가 캐내려 했다면 혀를 깨무는 한이 있더라도 답하지 않았을 것이다.

그러나 그녀는 조금도 서두르지 않았다.

누구의 편도 들지 않았고 한마디도 거짓을 말하지 않았다.

자연스럽게 모든 상황을 보여주고 스스로 판단하게 만들었다.

그 결과 자신은 객관적인 판단을 할 수 있었다.

그녀의 목적이 이런 것이라는 것을 충분히 짐작하면서도 자연스럽게 흐르는 마음은 어쩔 수가 없었다.

요화극!

그는 무황성과 자신 가족들을 위해서라도 제거되어야 할 자가 분명했다.

그자가 살아 있는 한 아버지는 멈추지 않을 것이고 대혼란은 터지고 말 것이다. 설사 그 혼란 속에서 무황성이 승자가 된다 해도 피는 피를 불러 언젠가는 그 피의 대가를 치르게 될 것이다.

피의 강물 위에 뜬 배는 결국에는 피로 물들게 마련이다.

"생각해 보겠어요. 그러니 혼자 있게 해주세요."

단목진희는 마침내 긴 한숨과 함께 말했다.

"고마워요."

화연옥은 묵묵히 고개를 끄덕인 후 등을 돌려 처소를 향해 걸어갔다.

화연옥이 사라진 후에도 한참 동안 두 쪽 난 바위를 쳐다보

고 있던 단목진희는 그 자리에 주저앉아 가늘게 흐느끼기 시
작했다.

*   *   *

"대체 이게 무슨 말인가?"

무영은 눈살을 찌푸리며 자신이 적어놓은 글귀들을 쳐다보
았다.

그것은 부연호가 운남으로 가서 바위에 새겨져 있던 문양들
을 탁본해 온 것으로 무영이 며칠 밤을 새워 머리를 짜내어 해
독한 것이었다.

그렇게 온갖 고생을 다해서 한 장을 해독은 했는데 도저히
무슨 말인지 알 수가 없었다.

"흐흐흐흐!"

옆에서 같이 글귀를 내려다보던 부연호는 벌겋게 상기된 얼
굴로 미친 사람처럼 웃음을 흘렸다. 무영은 무슨 말인지 몰랐
지만 부연호는 무언가 감이 잡히는 모양이었다.

"마도가 모두 바보들인 줄 아느냐. 해독만 하면 아무나 익힐
수 있게 만들어놓게. 흐흐흐흐!"

부연호는 다시 흐드러진 웃음을 터뜨렸다.

주체할 수 없는 희열!

터질 듯한 감동!

부연호의 표정에는 그런 감정들이 소낙비처럼 흘러내렸다.

"와─ 하하하하!"

한 번 더 두루마리 종이를 쳐다본 부연호는 지붕이 내려앉을 듯 광소를 터뜨렸다.

"주화입마에라도 빠졌나?"

무영은 혀를 차며 광분하고 있는 부연호를 멍하니 쳐다보기만 했다.

처음 몇 줄을 해독하자마자 부연호의 눈은 광채를 발하더니 마침내 미친 사람처럼 변한 것이다.

문양을 해독한 이상한 글귀는 마도인들에만 통용되는 비문이란 생각이 들었다. 그것은 화산의 신검 백진한이 자신 문파 사람들만이 알 수 있는 비문으로 뜻을 감추어놓은 것과 마찬가지였다.

"꽤나 중요한 내용인 모양이군."

무영은 부연호의 표정을 살피며 넌지시 물어보았다.

"흐흐흐흐! 중요하다고? 그래 중요하지. 암! 중요하고말고. 와─ 하하하하!"

부연호는 다시 광소를 터뜨렸다.

비밀을 지키기 위해 지하실에서 작업을 했기에 망정이지 그렇지 않았다면 모든 사람들이 놀라서 달려올 터였다.

"뭐가 그렇게 중요한가? 이 글귀만 해석하면 천마동을 바로 찾을 수 있나?"

무영은 질문과 함께 자신이 해독한 글귀들을 재차 내려다보았지만 도저히 그 뜻은 알 수 없었다.

이상한 문양을 글자로 해독하는 일은 복잡한 규칙만 알면 가능했지만 그렇게 해서 해독한 글귀는 그런 규칙들과 전혀 상관없이 나열되어 있어 도저히 불가능했다.

"그래. 이것이면 천마동을 찾을 수 있지. 아니, 지금 찾았어!"

부연호는 당장 지하실 벽이라도 부술 듯한 기색으로 답했다.

"지금 찾았다니? 천마동이 이곳 지하에라도 있다는 말인가?"

무영은 의아한 표정으로 지하실 사방을 둘러보았다.

"바로 맞혔네. 천마동은 바로 이 지하실에 있네. 하하하하!"

부연호는 득의양양한 표정과 함께 양팔을 활짝 벌리고는 한 바퀴 빙글 돌았다.

"정말 주화입마에 빠진 모양이군!"

무영은 고개를 절레절레 흔들며 아예 부연호를 무시했다.

하루라도 실없는 농담이나 장난을 하지 않고는 몸이 근질거리는 인간이니 오늘도 그런 모양이라 생각한 것이다. 하지만 부연호의 상기된 표정은 조금도 식지 않고 오히려 열기를 더해갔다.

"후후!"

부연호는 해독된 글귀를 한참 동안 더 쳐다보며 의미심장한 웃음을 흘렸다.

"이 구절이 있는 곳이 바로 천마동일세. 그러니 이 지하실이 천마동이 아니겠나."

조금 마음을 가라앉힌 부연호가 알듯 모를 듯한 말을 내뱉었다.

"그렇다면……?"

이제야 무슨 영문인지 알겠다는 듯 무영은 자신이 해독한 글귀로 급히 시선을 던졌다.

"그래. 이 구절들은 천마 무공의 정수인 천마십결(天魔十訣)일세. 천마동은 애초에 존재하지 않았네. 천마 무공의 정수를 천마동에 봉인하고 천마동을 무너뜨렸다는 말은 정도문파의 무인들을 속이기 위한 속임수였네. 천마 무공은 이 탁본 속에 모두 압축되어 있네. 다른 것들은 모두 이 천마십결에서 파생된 것들일세. 그런 것들은 지금 당장 모두 없어진다 해도 이것만 있으면 되살릴 수 있네. 더 나아가 이것만 있으면 그것들은 원형을 되찾고 훨씬 더 가공해질 것이네. 우하하하하!"

부연호는 운남의 한 바위에서 탁본을 떠온 종이들을 보물이라도 되는 양 조심스럽게 감싸 안으며 대소를 터뜨렸다.

마도 무공의 정수인 천마십결!

그것은 천마동이 아니라 마령패를 열쇠 삼아 운남의 깊은 계곡 바위산의 바위 위에 새겨져 있었던 것이다.

마령패가 없으면 그것을 찾을 수 없고, 그것을 누군가 우연히 찾았다 하더라도 마령패가 없으면 해독하지 못하도록 만들어놓고 마령패만 대대로 전해져 내려온 것이다.

"자네 선조들은 자네와 달리 아주 현명한 사람들이었군."

무영은 부연호를 쳐다보며 핀잔을 주듯 말했다. 그러나 내심 부연호와 못지않게 뜨거운 열기가 이는 것을 느낄 수 있었다.

부연호가 그렇게 애타게 찾던 천마동!

마도인들의 수백 년 염원인 천마동의 무공!

그것이 바로 자신 앞에 펼쳐져 있고 또 자신이 해독했다는 말이다.

그것은 자신이 잠자는 천마의 영혼을 불러 깨운 것이나 마찬가지이다.

다시 오랜 세월이 흐른 후 후세의 마도인들은 오늘을 어떻게 묘사할까? 그리고 천마의 숨결을 되살려낸 자신을 무어라 부를까?

그런 생각을 하니 자신도 모르게 가슴이 뛰었다.

"그런데 이 정도라면 남만으로 도주하며 가져가도 되었을 텐데 왜 이런 번거로운 방법으로 숨겨놓은 것인가?"

무영은 문득 떠오른 의문을 제시했다.

"나도 자세히는 모르네. 아마도 파벌싸움 때문이거나 배신자들을 염려해서 마령패에는 그걸 흡수해야 익힐 수 있는 극강의 마기를, 운남의 바위에는 그 구결을 따로 분산시켜 놓았을지도 모르지."

부연호는 그런 건 아무럼 어떠냐는 듯 조금도 신경 쓰지 않고 이글거리는 눈으로 무영이 해독한 구결들만 내려다보왔다.

무영은 묵묵히 고개를 끄덕이다가 입을 열었다.

"이걸 익힐 수는 있는 것인가?"

무영은 자신이 해독한 구결의 종이를 집어 들고 흔들며 부연호를 쳐다보았다.

"제, 제발 조심하게! 그렇게 다루어서는 안 될 물건일세!"

부연호는 종이가 찢어지기라도 할까 화들짝 놀라며 앞으로 달려나왔다.

"이까짓 구결이야 다시 적으면 되는 것이 아닌가? 문제는 그것을 자네가 익힐 수 있느냐 하는 것이지."

무영은 고소를 머금으며 손에 든 종이를 허공에 던졌다.

"이, 이런!"

부연호는 바닥으로 떨어지면 산산조각으로 부서지는 도자기라도 되는 듯 몸을 날려 종이를 받아 들었다.

무영은 어이가 없다는 표정으로 부연호를 쳐다보다가 다른 탁본들로 눈을 돌렸다.

자신이 그것을 모두 해독하면 천마십결이 완성되고 천마의 혼은 되살아나는 것이다. 그렇게 되면 무황성은 또 하나의 거대한 적을 맞아 지금처럼 설치지 못할 것이다.

그것을 해독하는 일은 이젠 문제가 아니다.

처음에는 머리에 쥐가 내릴 정도로 난해했지만 그 복잡한 배열의 규칙을 알고 있는 한 시간문제일 뿐이다.

정작 문제는 저 물러빠진 인간이 그것을 제대로 익힐 수 있는지 하는 것이다.

만약 익히지 못한다면 차라리 저 탁본은 태워 없애고 천마의 부활은 후대로 돌리는 것이 낫다.

"내 자질이 심히 의심스럽다는 눈초리군."

무영의 내심을 알아차렸는지 해독한 종이를 손에 든 부연호가 쓴웃음을 지었다.

"솔직히… 그렇다네."

무영이 순간의 망설임도 없이 고개를 끄덕였다.

"이런, 이런! 이제껏 날 그 정도로밖에 생각하지 않았단 말이지?"

부연호는 반쪽 얼굴을 찡그리며 이상한 기수식을 취했다.

우우웅—

부연호의 손에서 무거운 진동음이 일었다.

다음 순간, 마령패에 새겨진 것과 똑같은 아수라의 형상이 부연호의 손에서 터져 나왔다.

"미친놈!"

무영은 고함과 함께 마주 쌍장을 내밀었다.

우우웅—

무영의 손에서 파황객의 구명절초라 할 수 있는 수라흡정이 펼쳐졌다.

"그럴 줄 알았지!"

쾌재를 외친 부연호는 손바닥을 뒤집었다.

수라흡정의 암혈 속으로 빨려 들어가던 부연호의 장력이 그물처럼 활짝 펼쳐지며 무영의 전신을 덮쳐 왔다.

이제껏 볼 수 없었던 가공할 수법이었다. 또한 그 수법 속에 섞인 힘도 절대로 만만치 않았다.

이 수법은 자신이 해독해 준 구절을 보고 무언가를 깨달은 후 펼치는 것이 틀림없다.

잠깐 들여다보고 펼치는 것이 이 정도라면 제대로 수련하고 정진한 후 펼친다면 섬뜩할 것 같았다.

쐐아아!

그물처럼 전신을 덮쳐 오는 기운을 보며 무영은 수라흡정의 수법을 거두고 양손의 손가락을 활짝 펼쳤다.

피피피핑—

열 개의 손가락에서 물방울이 튀기듯 강기가 터져 나갔다. 그리고는 그물망처럼 덮쳐 오는 부연호의 기운을 모조리 끊어 버렸다.

무영이 다시 손을 흔들었다.

허공으로 쏘아진 물방울 같은 강기 덩어리들이 흩날리는 부적처럼 어지럽게 부연호를 향해 쏘아졌다.

"으아악! 이런 대처법은 아직 안 배웠다네!"

부연호는 과장된 고함을 지르며 벽 구석으로 몸을 날렸다.

쓴웃음을 지은 무영이 손을 거두었다.

우웅—

온몸을 구멍 낼 듯 날아가던 강기의 방울들이 씻은 듯 사라지며 무영의 손바닥 안으로 빨려들었다.

"젠장!"

처박히다시피 벽 구석에 찰싹 달라붙은 부연호는 입맛을 다시며 고개를 흔들었다.

"이런 걸 두고 되로 주고 말로 받는다고 하던가?"

부연호는 이내 빙글거리는 표정과 함께 실내 한가운데로 걸어나왔다.

"정말 그걸 보고 배운 것인가?"

무영은 자신이 해독한 구결을 쳐다보며 말했다.

순식간에 배워서 수라흡정의 수법을 피해낼 정도라면 부연호의 자질은 철저히 재평가해야 했다.

"마교 무공의 특성이 무언가? 바로 속성이지. 물론 그 후유증이 크고, 그렇게 속성으로 익혔으니 중후하지 못하지만 익히는 속도는 타의 추종을 불허하지. 그래서 즉시 펼쳐 본 것인데…… 깊이가 깊지 못했네."

부연호는 다시 입맛을 다셨다.

"그럼 익히는 데는 문제가 없다는 말이군!"

무영은 날카로운 시선으로 부연호를 쳐다보며 물었다.

"돌아가신 련주께서 당시에는 아무짝에도 쓸데없는 것들을 왜 내게 잔뜩 가르쳤는지 이제야 이해가 가는군. 바로 오늘을 위한 것이었네. 련주께서는 그때부터 날 후계자로 점찍고 암암리에 그런 걸 가르친 것 같아. 무황성 놈들에게 무너지는 바람에 정식으로 소련주 자리에 앉힐 기회는 놓쳤지만 그 밑바탕은 확실히 닦아놓았다는 생각이 드네."

부연호는 아련히 젖어드는 눈으로 천장 쪽을 쳐다보았다.

그때는 이해가 가지 않던 이상한 심공들!

그러나 무영이 해독해 놓은 구절들을 보는 순간, 그 심공들과 딱 맞아 떨어지는 것을 알아차리고는 전율을 느꼈다.

무영이 해독한 탁본의 구절들은 련주께서 가르친 그 심공들을 미리 익히지 않고는 이해할 수도, 익힐 수도 없는 것들이었다.

련주가 전해준 심공, 마령패, 운남성 깊은 계곡 바위에 새겨진 문양들!

그 세 가지가 바로 천마의 혼이었고 그토록 찾아 헤매던 천마동 그 자체였다.

"결국… 자네 자질이 뛰어난 것이 아니라 미리 련주로부터 심공을 익혀서 가능하다는 말이군!"

무영이 슬쩍 부연호의 비위를 긁었다.

"어쩨 그런 독설이 안 나오나 싶었지. 자넨 그게 매력인데 말이야."

부연호는 한 술 더 뜨며 느물거렸다.

김이 샌 무영이 입맛을 다시다가 눈을 빛냈다.

"이걸 다 해독해 주면 무얼 해줄 건가?"

"그렇지. 그 말 역시 안 나온다면 이상하지."

부연호는 기다리고 있었다는 듯 두 손을 마주치며 짝! 하고 소리를 내었다.

"이젠 머리 꼭대기에 올라앉아 있군."

무영은 고개를 저었다.

다른 건 몰라도 느물거리고 유들거리는 솜씨는 당할 수가 없었다.

저런 인간이 나중에 어떻게 수십만 마도의 주인인 천마가 될지 걱정스러웠지만 그건 마도 사람들이 걱정할 일이고… 자신이 원하는 바는 따로 있었다.

"중원에 뿌리를 내리고 있는 모든 마도인들에게 천마의 탄생을 알리며 집결령을 내리겠네. 그럼 또 다른 줄기의 맞불이 되겠지?"

무영의 속에라도 들어갔다 나온 듯 부연호는 답했다.

"가능한가?"

"자네가 그 문양들을 얼마나 빨리 해독해 주느냐에 달렸네. 그 속에는 천마의 환생을 단적으로 증명하는 무공들이 있으니까 말일세."

부연호도 무영 못지않게 날카로운 눈으로 무영을 마주 보았다.

"심계도 만만찮군. 어째 호랑이 새끼 한 마리를 키우는 느낌이야."

무영은 다시 고개를 흔들었다.

"걱정 말게. 하늘이 무너져도 자네와 자네 문파의 사람들은 물지 않도록 하겠네. 내 대는 물론 후대까지 영원히……."

부연호는 천마의 유지라도 하사하는 듯 엄숙한 표정으로 말했다.

"눈물 나도록 고맙군."

피식 미소를 지은 무영은 해독하지 않은 탁본 한 장을 천천히 들어 올렸다.

第九十章

비밀회동

장흥관일

쏴아아!

미숙하고 혼란스러웠던 봄이 지나가고 본격적인 우기가 시작되면서 장대비가 쏟아졌다.

앞이 제대로 안 보일 정도로 쏟아지는 폭우는 뜨겁게 달아올랐던 대지를 식혀주며 중원 전역으로 번져 나가던 전운마저 식혀 버리는 것 같았다.

촤아악!

촤악!

몇 명의 인영들이 폭우 속을 뚫고 비호처럼 몸을 날리고 있었다.

물이 홍건하게 고인 바닥을 박차고 몸을 솟구치는데도 바닥에서는 물방울 몇 개밖에 튀어 오르지 않는 것으로 보아 절정 고수들임이 틀림없었다.

인영들이 쏘아져 가는 방향 저 앞쪽에 작은 모옥 한 채가 눈에 들어왔다.

뒤쪽으로는 모옥보다 몇 배는 큰 바위가 병풍처럼 둘러싸고 그 옆으로 가느다란 물줄기가 쏟아지는 폭포가 있어 한 폭의 선경을 방불케 했다.

촤아악!

인영들은 조금도 주저함없이 그 모옥을 향해 몸을 날렸다.

"어서 오시오. 궂은 날씨에 고생이 많았겠구려."

모옥 안에서 인자한 음성이 흘러나왔다.

하얗게 탈색된 수염이 가슴 아래까지 흘러내린 신선 같은 풍모의 노승이었다.

눈썹 또한 수염처럼 하얗게 탈색된 채 옆으로 길게 뻗어나 있었다.

소림의 현 방장인 무오 성승이었다.

그 옆으로 무당 장문인 영진자와 화산파 장문인 청현자가 앉아 있었다.

"오랜만에 뵙습니다. 여러 명숙님들!"

빗속을 달려온 사람들이 실내에 있는 사람들에게 인사를 했다.

황보세가의 가주 황보현승(皇甫玄承)과 제갈세가의 가주 제갈정문(諸葛正汶), 그리고 남궁세가의 가주 남궁유찬이었다.

그 외는 그들 가주들을 보필하며 따라온 젊은이들이었다.

그들은 호북 화씨세가의 잔치에 참석하여 일차적으로 무황성의 위험성에 대해 경고를 받았으나 그때는 믿지 않고 귓전으로 흘리기만 하다가 이제는 그때의 경고가 하나하나 사실로 드러나자 이차 회동을 위해 이곳에 모인 것이다.

"아직 도착하지 않은 분들은 누구신지요?"

무오 성승이 물었다.

"하북팽가의 가주와 개방의 방주 천화신개(天華神丐)께서 아직 도착하지 않았습니다."

화산의 청현자가 답했다.

"그리고 파황객의 후예 역시……."

무당 장문인 영진자의 입에서 파황객이라는 단어가 흘러나오자 실내의 분위기가 불식간에 긴장되었다.

이젠 파황객의 이름은 강호에서 무황성주 단목상군만큼이나 무거운 위치를 차지하고 있었다. 그 이름으로 인하여 봄이 끝나기 전에 터질 것 같던 전쟁이 지금까지 미루어지고 있는 것이다.

"허허! 청현자께서는 왜 그렇게 긴장하시오? 모르는 사이도 아닌데 말이오."

긴장된 분위기도 누그러뜨릴 겸 영진자가 너털웃음과 함께 가벼운 농담을 던졌다.

"그때는 실감이 안 나더니… 그 이름의 무게가 얼마나 무거운지 이제야 알겠소이다."

청현자도 만면 가득 미소를 지으며 말을 받았다.

"그러게나 말입니다. 단지 이름 하나 알려졌을 뿐인데 중원의 판도가 이렇게 변할 줄이야."

몸에 걸친 피풍의를 걷어낸 황보현승도 미소를 지으며 말했다.

"이름만 알려진 것이 아니지요. 그 짧은 시간에 사천을 파죽지세로 휩쓸고 호북까지 잠식해 오고 있지 않습니까."

제갈세가의 제갈정문이 말을 받았다.

"그렇지요. 이름만 요란한 게 아니지요. 이름에 걸맞은 활약을 하고 있지요. 어떤 큰 흑도문파라도 단 하루를 버티지 못하고 무너졌으니까요."

이런저런 얘기를 나누는 사이 밖에서 다시 인기척이 느껴졌다.

그들이 말한 파황객의 후예였다.

복지강과 오인목이 무영과 동행하고 있었다.

"어서, 어서 오시게!"

청현자가 감동을 숨길 수 없는 목소리로 무영을 맞았다.

무영으로부터 얻은 신검의 구결은 아직 이 할의 성취도 이루지 못했지만 그것만으로도 화산검을 새롭게 배운다는 생각이 들게 했다. 또한 화산의 첩자인 청영자까지 잡아주었으니 반가운 심정이야 이루 말할 수가 없었다.

"오랜만에 뵙습니다. 두 분 장문인."

무영은 영진자와 청현자에게 먼저 인사를 하고는 무오 성승에게 깊이 고개를 숙였다.

"보내주신 반선심공과 덧붙여 주신 주해서 덕분으로 주화입마의 늪에서 벗어나 바라는 성취를 이루었습니다."

'으음!'

무오 성승이 깊은 눈으로 무영을 쳐다보며 신음을 삼켰다.

겨우 이십 중반을 넘었을 것 같은데 기도가 느껴지지 않았다. 모두 안으로 갈무리되어 단 한 점도 밖으로 흘러나오지 않았다.

"명불허전이구려. 허허!"

무오 성승이 너털웃음을 터뜨렸다.

다른 사람들도 같은 심정인지 무영에게 시선을 고정시켰다.

무영 일행이 그들과도 인사를 나누었을 때 밖에서 다시 빗물을 가르는 소리들이 들려왔다.

잠시 후 개방의 추풍신개와 방주 천화신개, 그리고 팽가의 가주 팽무강(彭懋江)과 그 일행이 실내로 들어왔다.

"오랜만입니다, 신개 어른."

무영은 추풍신개에게 인사를 했다.

"이젠 그 이름이 온 중원을 울리고 있더군요. 예상은 했지만 이렇게까지 순식간에 뻗어나갈 줄은 몰랐는데 말이오. 허허!"

추풍신개는 감개무량한 표정으로 무영을 쳐다보다가 방주 천화신개에게 인사를 시켰다.

"이 사람에게도 인사를 좀 시켜주시오."

하북팽가의 가주 팽무강도 나섰다.

가문을 침입한 괴한들에게 아우를 잃은 그의 눈은 아직도 충혈의 기운이 남아 있었다.

그는 이번 회동에 특별히 초대된 사람으로 추풍신개를 통한 무영의 서신을 받았던 것이다.

처음에는 도저히 믿지 않았다.

백도의 우상인 무황성주가 그런 가면을 쓰고 있었다는 것도 믿을 수 없었고, 또 자신의 동생 팽소강이 무황성의 첩자로 그가 당한 것이 마도의 무공이 아니라 무황성 교룡각이 교묘하게 변질시킨 무공이라는 것도 믿을 수 없었다.

하지만 서찰에 적힌 정황들이 빈틈이 없었고 개방의 천리신구를 통한 화산파 장문인과 무당파 장문인의 확인 서찰까지 받고는 마음을 돌리고 이곳으로 온 것이다.

"우선은 각 파에 스며든 간자들을 색출하는 것이 가장 시급한 문제입니다. 그들이 은밀하게, 그리고 끊임없이 선동해서 전쟁을 부추기고 있는 한 흑도와 백도의 전면전은 결국 터지고 말 것입니다."

인사가 끝나고 본론으로 들어가자 화산 장문인 청현자가 말을 꺼냈다.

청현자의 말에 모든 사람들의 표정이 무거워졌다.

"여기 모인 우리는 무황성주가 가면을 쓰고 있다는 것을 직접 목격했거나 믿고 있는 사람들이오. 그러나 단목상군은 발빠르게 모든 꼬리를 잘라 단 한 조각의 증거도 남기지 않았소. 그러니 그것을 만천하에 공개하여 실상을 알릴 수는 없소. 그랬다간 그를 우상으로 믿고 있는 수많은 그의 지지문파로부터 오히려 심각한 역공을 당할 것이오. 지금으로서는 단목상군이 획책하는 계략들을 최대한 늦추거나 막는 방안을 강구하는 것이 최선이오. 그런 후에 누구도 의심할 수 없는 확증을 잡아 가면을 벗겨야 하오. 그러려면 각 파에 스며든 간자들부터 색출하고 처치하는 것이 우선이지요."

팽무강의 반응은 일단 무시한 채 청현자는 회의를 이끌어 나갔다.

"어떻게 하면 간자들을 색출할 수 있겠소? 빈승은 아무리 머리를 짜내도 방법을 찾을 수 없었소. 그런 의심을 가지고 문도들을 대하다 보니 모두가 간자들 같은 생각이 들어 내 마음만 죄스러워 주화입마에 빠질 지경이었소."

무오 성승이 괴로운 표정으로 말했다.

화산과 무당에 간자들을 심어놓은 놈들이 소림이라고 그냥 둘 리 만무했다. 어쩌면 제일 먼저 간자들을 심어놓았을 것이다. 그러나 그간 아무리 눈을 크게 뜨고 살펴보았지만 간자의 꼬리는 잡을 수 없었다. 오히려 괜한 제자들만 의심하는 것 같아 괴롭기만 했다.

"그 문제에 대해서는 파황문주께서 생각이 있으신 것 같으니 의견을 들어보기로 하지요."

무당 장문인 영진자가 주변을 돌아보며 말했다.

"그렇게 하시지요. 그간 보여준 일처리 능력은 단연 발군이었으니까요."

청현자가 찬성을 하며 무영을 쳐다보았다.

"그 일은 여러 명숙님들의 희생을 담보로 해야 합니다."

무영이 차분하게 말했다.

"필요하다면 감수해야겠지요. 그런데 어떤 희생을 말하는지요?"

무오 성승이 안광을 빛내며 물었다.

"명숙분들께서는 자파에 간자가 들었다는 것을 인정하실 수 있는지요?"

무영이 영진자와 청현자, 그리고 팽무강을 쳐다보며 말했다.

"인정이라면?"

"자파에 간자가 있었고, 그들은 모두 중독되어 참혹하게 죽었다는 것을 공표하실 수 있겠는지요?"

무영이 부연 설명을 했다.

"그게… 무슨 말인가? 그리고 왜 그렇게 해야 하는가?"

영진자가 당황스런 표정과 함께 물었다.

"간자들이 하나같이 독에 중독되어 일정 시간이 지나면 그 독이 발작하여 죽는다는 소문이 나게 되면 다른 문파에 스며든 간자들도 당황하게 될 것입니다. 심하면 무황성과 연결된 끈을 찾아 서둘러 나서게도 되겠지요. 그걸 믿게 하려면 여러 명숙님들께서 살을 가르는 심정으로 자신 문파의 간자들을 인정하고 어떻게 죽었는지도 밝히셔야 합니다. 그 정도가 아니면 믿지 않을 테니까요."

무영은 설명을 하며 날카로운 눈빛으로 여러 사람들을 쳐다보았다.

무영의 눈빛을 받은 사람들의 표정에 갈등의 빛이 보였다.

간자들을 잡아야 하는 것은 무엇보다 시급했지만 강호 대문파인 자신들의 문파에 간자가 들었다는 것을 인정하는 것은 쉽지 않았다. 그건 자신 문파와 문도들 얼굴에 스스로 오물을 칠하는 결과이기 때문이다.

"전 그렇게 하겠습니다."

팽무강이 단호한 표정과 함께 나섰다.

동생이 참화를 당한 지 얼마 되지 않은 그는 그 분기가 가슴에 가득 남아 무황성과는 당장 결전이라도 벌이고 싶은 심정이었다..

"빈도 역시 그렇게 하겠소. 살을 깎는 심정이지만 허진자 사제도 그걸 원할 것이고……."

잠시 후 무당 장문인 영진자도 무겁게 고개를 끄덕였다.

"환부를 깨끗이 도려내려면 주변의 살점들도 같이 베어내야지요. 저도 그렇게 하겠습니다."

화산 장문인 청현자도 동참했다.

"여러 명숙분들의 장문 직인만 찍어주시면 그 소문은 우리 개방이 최대한 빨리, 최대한 널리 퍼뜨려 드리지요."

개방 방주 천화신개가 신중한 표정으로 나섰다.

"그럼 그 일은 일단락되었고… 그다음으로는 파황문주께서 하실 말씀이 있다니 들어보십시다."

청현자가 무영을 쳐다보며 고개를 끄덕였다.

"장강수로타의 우두머리를 잡는 데 여러 문파의 도움이 필요합니다."

단도직입적인 무영의 말에 실내의 모든 사람들이 흠칫 놀라며 무영을 쳐다보았다.

잡고 싶은 마음이야 그 무엇보다 강하지만 정체조차 파악하지 못하고 있는 상태였다.

"누군지도 모르는데 어떻게 잡겠다는 말인가?"

청현자가 물었다.

"장강수로타를 움직이는 자는 남해마경 차송기로 밝혀졌습니다."

"남해마경!"

"차송기?"

놀란 목소리들이 터졌다.

"그걸 어떻게 알았는가?"

추풍신개가 놀란 표정으로 물었다.

개방도 아직 알아내지 못한 것을 무영이 먼저 알고 있다는 사실이 믿어지지 않는 것이다.

"우린 문파의 문도들 중에 유난히 귀가 밝은 사람들이 몇 있지요."

무영이 빙긋 웃었다.

"그렇군. 최근 세상 모든 하오문도들이 결집하고 있다고 하더니……."

추풍신개가 고개를 끄덕였다.

"이렇게 되면 우리 개방은 조만간에 설 자리를 잃게 되겠구려. 허허!"

천화신개도 고개를 절레절레 저으며 쓴웃음을 터뜨렸다.

"그자의 정체를 파악했으니 잡을 수도 있겠군. 어떻게 도우면 되겠소?"

팽무강이 반색을 하며 물었다.

규모는 녹림십팔채가 컸지만 무림세가에는 장강수로타가 더 큰 피해를 입히고 있었다.

산로는 틀어막아도 관도를 통해서만 이동하면 그런대로 물자 수송이 가능했다. 또한 신속하고도 대규모인 물자 수송은 수로를 통하는데 장강수로타가 수로를 전부 틀어막고 있으니 그 피해가 막심했다.

"어서 말해보시게. 우리가 어떻게 도우면 되겠나?"

영진자도 형형한 눈빛과 함께 물었다.

놈이 아무리 여우같다고 하더라도 무영이라면 충분히 잡을 수 있을 것 같았다. 무영이 그놈만 잡아준다면 녹림십팔채주는 구파일방에서 잡을 수 있었다. 그렇게 두 놈을 잡고 나면 단목상군의 팔 하나는 자르는 격이 될 것이다.

"우선 남해마경과 조금이라도 친분이 있는 사람은 모두 수배해 주십시오. 수공의 전문가들도 같이. 그리고……"

무영은 차분히 설명을 해나갔고 명숙들은 연방 고개를 끄덕거리며 무영의 설명을 들었다.

밝은 등롱이 벽 높은 곳에 걸려 있었다.

등롱 주변으로 여러 겹의 비단 천이 둘러싸인 것으로 보아 혹시라도 등롱의 화기가 밖으로 새어 나오지 않도록 각별히 신경을 쓴 모습이었다.

등롱의 불빛이 비치는 실내에는 큰 정방형 탁자가 자리하고 있었고 그 탁자 주변으로 열 명가량의 사람들이 분주히 움직이며 작업에 몰두하고 있었다.

"수고들이 많소."

실내로 한 청년이 들어왔다.

"소가주님!"

실내 안의 사람들이 일제히 고개를 숙이며 인사를 했다.

"예정대로 잘되어가는 것이오?"

소가주라 불린 청년이 정방형 탁자를 둘러보며 물었다.

탁자 위에는 수십 개의 자기 그릇이 놓여 있었는데 그 안에는 제각각 다른 종류의 분말들이 담겨 있었다.

"시간이 너무 촉박하여 두 조로 나누어 밤샘 작업을 하고 있다네."

중년인 하나가 청년의 질문에 답했다.

"계속 힘써주십시오, 숙부님!"

청년이 고개를 끄덕이며 말했다.

"이르다 뿐인가. 그래야만 형님이 돌아오실 것이 아닌가.

그놈의 얼음장 같은 눈빛을 생각하면 자다가도 벌떡 일어나게 된다네. 만약 우리가 시간을 맞추지 못한다면 그놈은 절대로 형님을 살려 보내지 않을 걸세."

중년인이 자신도 모르게 진저리를 치며 말했다.

중년인은 벽씨세가 가주의 동생인 벽장영(霹張英)이었다. 그리고 청년은 가주 벽장진의 아들인 벽모수였다.

"모자라는 재료들은 없습니까?"

벽모수가 장내를 돌아보며 물었다.

"가문의 창고를 모두 열었으니 재료는 모자라지 않다네. 문제는 시간일세. 제시간 안에 오십 개를 만들 수 있을지 생각하면 피가 마를 지경이네."

벽장영이 한숨을 내쉬며 말했다.

"그래서 시간을 두 달 연장하기로 했습니다."

벽모수가 밝은 표정으로 말했다.

"그게, 그게 정말인가?"

벽장영이 눈을 크게 뜨고 물었다.

"그렇습니다."

"아이고, 살았네. 그 정도면 되었네."

벽장영은 죽었다 살아난 듯 고함을 질렀다.

"그런데 그 얼음장 같은 놈이 어떻게 그런 아량을 베풀었는가? 바늘로 찔러도 피 한 방울 안 나올 것 같더니."

흥분을 가라앉힌 벽장영이 의구심 가득한 표정으로 물었다.

"다른 주문 하나를 덧붙였습니다. 그것을 해주는 조건으로 두 달의 말미를 얻었습니다."

벽모수가 답했고 벽장영의 얼굴에 '그럼 그렇지' 하는 표정이 어렸다.

"그 주문은 몇 사람만 도와주시면 제가 한 달 안에 만들 수 있는 것이니 숙부님의 작업에는 아무런 방해가 되지 않을 겁니다."

"그런가? 그렇다면 정말 다행일세. 그런데 어떤 주문인가?"

"이런 물건을 우선적으로 만들어 달라는 연락이 왔습니다."

벽장영의 질문에 벽모수가 품속에서 서찰 한 장을 꺼냈다.

서찰 안의 내용을 읽은 벽장영이 눈 사이를 좁혔다.

기존의 화탄과는 성질이나 효용이 전혀 다른 화탄이었다.

못 만들 것은 없지만 그런 폭탄이 어디에 쓰일지 짐작이 가지 않았다.

"이런 걸 어디에 쓴단 말인가?"

벽장영이 쪽지에서 시선을 돌리며 물었다.

"그야 우리가 상관할 일이 아니지요. 우리는 시키는 대로 만들어주고 두 달을 벌면 되는 게 아니겠습니까."

"하긴 그렇네. 우리가 상관할 일이 아니지. 어서 만들도록 하게. 나 역시 박차를 가할 테니."

벽장영이 고개를 끄덕이며 잠시 일손을 놓고 몰려들었던 사람들을 채근했다.

第九十一章

장강수로(長江水路)

장흥관일

쏴아아—

여름이 끝나고 가을로 접어든 지 오래되었는데 장대비가 쏟아졌다.

장대비 속을 뚫고 세 척의 대형 관선이 장강의 물줄기를 가로질러 올라가고 있었다.

관선들의 뱃전에 부딪치는 물살이 하얗게 부서지다가 다시 강물 속으로 떨어지는 모습은 쏟아지는 장대비와 함께 지난 여름의 무더위를 모조리 쓸어내 주는 것 같았다.

"비 한번 장하게 쏟아지는군."

가운데에 위치한 관선의 한 실내에서 단단한 체격에 수려한 용모의 청년이 창밖을 내다보며 혼잣소리처럼 중얼거렸다.

고급의 재질로 지어진 청의 무복에, 이마에는 영웅건을 쓰고 허리에 검을 찬 모습은 한눈에 보아도 결코 관부에 종사하는 사람 같지는 않았다.

관부의 경직된 명령체계에 물든 사람들에게서는 볼 수 없는 여유로운 모습과 온몸에서 자연스럽게 흘러나오는 귀공자의 기풍은 청년이 무림세가의 자손임을 단적으로 드러내 주었다.

"장마 끝난 지가 언젠데 이렇게 비가 쏟아지는 거야."

청년의 뒤쪽에 있던 여인이 약간은 짜증스런 목소리로 말했다.

먼지 하나 묻지 않은 백의를 입고 머리에는 화려한 봉황잠(鳳凰簪)을 꽂은 그녀 역시 관부와는 전혀 어울리지 않는, 무림세가의 여식이 분명해 보였다.

그녀는 남궁세가 가주의 딸인 남궁상아였다. 그리고 같이 배를 타고 있는 청년은 그녀의 오빠이자 남궁세가의 소가주인 남궁상진이었다.

이들은 세 척의 관선에 쌀을 가득 싣고 장강을 거슬러 올라가고 있는 중이었다.

최근 녹림과 장강수로타에 의한 산로와 수로의 봉쇄로 인해 큰 피해를 입고 있는 터라 남궁가에서는 지부대인을 움직여 세 척의 관선을 이용해 비밀리에 쌀을 운반하고 있는 것이다.

세 척 관선에 가득 실려 있는 쌀은 무림맹에 공급될 군량미였다.

그동안 거의 유명무실한 채 활동을 중단하고 있던 무림맹은 무영과 함께한 비밀회동 후 발 빠르게 움직이며 그 활동을 재개한다는 소문이 퍼져 나갔다. 그러나 너무 오랫동안 중단했던 활동을 재개한다는 것이 쉽지 않은지 소문만 무성했고 실제적인 활동의 조짐은 거의 보이지 않았다.

그런 차에 장대비가 쏟아지는 장강 줄기를 따라 남궁세가에서 관선을 띄워 비밀리에 무림맹에 필요한 군량미를 운송하고 있었다.

"정말 무림맹이 다시 활동하긴 하는 건가요, 오라버니?"

남궁상아는 고개를 갸웃거리며 남궁상진에게 질문을 던졌다.

소문만 무성했지 총단이 어딘지, 누가 맹주인지 하는 것들은 하나도 밝혀지지 않았기 때문이다.

"활동을 하니 우리 가문에게 이렇게 많은 양의 군량미 수송을 맡긴 것이 아니겠느냐?"

남궁상진이 여전히 장하게 쏟아지는 소낙비를 보며 답했다.

"그렇지만⋯ 어디서, 어떻게 창설되는지 알 수가 없으니 믿음이 가지 않아요. 그리고 왜 하필 우리 가문에게 이런 부탁을 하는지도 이해가 가지 않고⋯⋯."

남궁상아의 얼굴에 다시 짜증이 묻어났다.

처음에는 강호를 활보한다는 사실에 신이 나서 가문 어른들의 만류에도 불구하고 따라나섰지만 장대비 속에서 강행군을 하며 옷을 몇 벌이나 버리게 되니 슬슬 짜증이 밀려오는 것이다.

"우리 가문이 아니면 그 어떤 가문이 관선을 세 척이나 빌리겠느냐?"

남궁상진이 한껏 거만한 표정을 지으며 답했다.

"그렇긴 한데……."

남궁상아는 오빠의 과장된 표정에 피식 미소를 짓고는 말을 이었다.

"좋은 날 다 놔두고 하필 이런 장대비가 쏟아지는 날에 출항할 건 또 뭐예요?"

남궁상아는 원망스런 눈빛과 함께 저 옆쪽에서 나아가고 있는 관선을 쳐다보았다.

그곳에는 막내숙부 남궁유백이 타고 있었다.

남궁상아는 남궁세가의 두뇌라 할 수 있는 막내숙부가 굳이 비가 쏟아지는 날을 택해 출항한 이유를 알 수가 없었다.

"허허실실도 모르느냐?"

"허허실실?"

남궁상아의 고운 아미가 살짝 찌푸려졌다.

"그래. 이런 날 움직일수록 장강수로타 놈들의 이목을 속이고 훨씬 더 안전하게 갈 수 있는 것이지."

남궁상진은 여전히 여유있는 표정으로 말했다.

"하지만 이런 궂은 날에는 쌀이 썩을 수도 있잖아요."

남궁상아는 즉각 반론을 제시했다.

"그것에는 또 대비책이 있지."

남궁상진이 다시 여유있게 답했다.

"어떤?"

"가문의 풍재고(豊財庫)에는 이런 때를 위한 보물인 피수주(避水珠)가 있지. 그것이 무림맹에서 우리에게 이 일을 맡긴 또 한 가지 이유이기도 하고."

"벽아(碧兒)를 가져왔단 말인가요?"

남궁상아의 눈이 커졌다.

남궁세가에서 벽아라고 이름 붙인 강력한 피수주는 야명주보다 훨씬 비싸다고 알려졌다. 또한 그것은 남궁세가의 보물들 중 다섯 손가락 안에 드는 것이다. 그것이라면 아무리 날씨가 궂어도 쌀가마에는 습기가 침투하지 못한다.

"오라버니 말씀대로 이번 일은 우리 가문이 아니면 절대로 해낼 수 없겠군요."

남궁상아는 고개를 끄덕였다.

그녀의 말대로 관선을 마음대로 빌리고, 피수주를 이용하여 이런 날씨에도 습기 한 점 없이 쌀을 운반할 능력을 가진 가문은 중원천지에서 남궁세가밖에 없다.

"그런데… 그 대가는 뭐죠?"

궁금증을 어느 정도 해소한 남궁상아는 현실적인 질문을 했다.

"그건 비밀!"

남궁상진이 짓궂은 표정과 함께 답하자 남궁상아의 눈썹이 위로 치켜졌다.

"실은 나도 몰라. 아버지께서도 그건 안 가르쳐 주셨으니까."

남궁상진의 말에 남궁상아는 김이 새는지 어깨를 늘어뜨렸다.

스무 살이 넘으며 성인 대접을 받고 있긴 했지만 아직까지는 핵심적인 부분에는 접근이 불가능했다.

"그런데 저 배들은 왜 우릴 계속해서 따라오죠?"

남궁상아는 화제를 돌리며 뒤쪽을 쳐다보았다.

세 척의 관선 뒤로 허름한 배 몇 척이 부지런히 따라오고 있었다.

목재 운반선인지 갑판에 나무를 잔뜩 실은 배도 있었고, 어선으로 보이는 배도 있었다. 그들은 혹시 거리가 벌어질까 염려하는 듯 기를 쓰고 남궁세가의 군량미 운반선을 쫓아오고 있었다.

"일종의 무임승차라고나 할까. 우리 뒤를 따라오면 수적 걱정은 안 해도 되니 젖 먹던 힘을 내어 따라올 수밖에."

남궁상진도 뒤쪽의 나룻배를 쳐다보며 피식 웃었다.

"얌체 같아……."

남궁상아도 피식 웃으며 시선을 돌렸다.

그때 선실 문이 열리며 숙부 남궁유현이 들어왔다. 그는 이 배의 선장이나 마찬가지였다.

"조금 있으면 위험한 지역으로 들어가게 되니 옷을 관군 복장으로 갈아입도록 하거라."

남궁유현이 아직도 무림세가의 귀공자, 귀공녀 차림으로 있는 두 조카들을 보며 엄한 표정으로 말했다.

"위험한 지역이라면…… 어떤 곳을 말하는가요?"

남궁상아가 긴장된 표정과 함께 물었다.

"강이 굽어지고 양쪽으로 수림이 울창한 곳이다. 수적들이 출몰하기 좋은 곳이야."

남궁유현이 앞쪽을 살피며 답했다.

"놈들이 설마 관선까지 공격하려구요."

남궁상아가 남궁유현의 눈치를 보며 말했다.

"그럴 리는 없겠지만… 만에 하나 놈들이 눈치채면 안 되니 매사 신중을 기해야 하느니라. 그러니 어서 옷들을 갈아입고 긴장을 늦추지 말아야 하느니라."

남궁유현은 다시 엄하게 지시를 내리고 밖으로 나갔다.

남궁유현이 나가자 두 남매는 각각의 방으로 들어가서 수군 복장으로 갈아입고 갑판으로 나왔다.

기세가 좀 누그러지긴 했지만 장대비는 계속해서 내리고 있었다. 그 빗줄기 속에서 가문의 무사들이 수군 복장을 한 채 창을 들고 수군처럼 부동자세를 잡고 서 있었다.

남궁상진은 안력을 돋우며 앞을 쳐다보았다.

숙부의 말대로 강이 굽어지고 양옆으로 숲이 울창한 산이 나타났다.

"저런 숲속에서 수적 떼들이 작은 배를 숨겨두었다가 나타나면 좋을 것 같군요."

남궁상진은 옆에 서 있는 중년 무사 한 사람을 보며 낮은 목소리로 말했다.

"농담이라도 그런 말씀 하지 마십시오. 부정 탑니다."

중년 무사가 혀를 차며 말했다.

"그래야 하는데… 농담이 아니게 되어버렸습니다."

남궁상진이 갑자기 다급한 어투로 말하자 중년 무사는 흠칫 놀라며 남궁상진을 쳐다보다가 그의 시선이 고정된 곳으로 눈을 돌렸다.

남궁상진보다 공력이 낮은 그는 빗줄기 뒤에 가려진 광경을 보지 못하고 다시 남궁상진을 쳐다보았다.

"수적이다!"

다른 배에서도 무언가를 발견했는지 고함과 함께 세차게 경종을 울렸다.

거의 동시에 세 척의 관선에서 바쁜 움직임들이 일었다.

"젠장!"

관병들의 무기인 창 대신, 허리에 찬 검을 빼 든 남궁상진은 역정을 토했다.

아직까지 장강수로타 놈들은 관선을 공격하지 않았다. 그런데 자신들 배를 향해 나타났다는 것은 놈들이 무언가 눈치를 챘다는 말이다.

"대체 저놈들이 어떻게……?"

남궁상진과 마찬가지로 검을 빼 들고 달려온 남궁유현이 침음성을 흘렸다.

그동안 완벽하게 보안을 지켰다. 그러니 절대로 장강수로타에 비밀이 흘러 들어가지 않았을 것이다. 관선을 빌려준 관에서도 남궁세가에서 언제, 그리고 무엇을 싣고 가는지는 알지 못했다.

'어디서 정보가 샜을까? 설마 우리 가문에도 간자가 있단 말인가?'

남궁유현의 뇌리 속으로 남궁세가 사람들의 얼굴들이 빠르게 지나갔다.

수많은 직계 및 방계 혈족!

거기에 더해 많은 가신 집단들!

그들 중에 간자가 스며들 가능성은 충분했다. 아니, 어쩌면 무궁무진하다 할 수 있었다.

하지만……

이번 일은 그들 중에서도 소수인 이 배에 탄 사람들만 알고 있었다.

그런데도 정보가 샜다면?

이 배에 탄 사람들 중 간자가 있다는 말이다.

남궁유현의 표정이 야차처럼 일그러졌다.

댕댕댕!

계속해서 경종이 울리는 사이, 장강수로타 수적선들이 빠르게 가까워지며 사방으로 포위망을 형성했다.

크기는 남궁세가 사람들이 타고 있는 관선보다 한참 작았지만 속도가 훨씬 더 빠르고 숫자도 열다섯 척이나 되었다.

"모두 제자리를 지키고 침착하라!"

남궁유현이 굵은 음성으로 지시를 내렸다.

공력을 잔뜩 불어넣은 그의 음성은 자신이 탄 배는 물론 다른 두 척의 관선에까지 울려 퍼져 혼란스런 분위기를 서서히 가라앉혔다.

"후후!"

남궁유현의 음성에 못지않은 공력을 실은 웃음소리가 앞쪽에서 울려 퍼졌다.

관선에 탄 남궁세가의 사람들은 가슴이 철렁하는 느낌을 받으며 일제히 웃음소리가 들려온 방향으로 시선을 돌렸다.

반인반어(半人半魚)!

제일 큰 수적선의 선수에 서 있는 인간은 그렇게 표현할 수밖에 없었다.

하체에만 몸에 짝 달라붙는 가죽 바지를 입은 그의 전신에는 물고기 같은 비늘이 가득 돋아 있었다. 팔과 손등은 물론 얼굴에도 반 이상 비늘이 뒤덮여 있어 실로 반인반어라 칭할 수밖에 없었다.

"남해마경 차송기……."

남궁상진이 신음처럼 중얼거렸다.

남해마경이라는 별호를 가진 차송기가 아니면 저런 기괴한 모습을 한 사람은 중원 천지에 없었다.

'남해마경? 그런데 저자가 왜 장강수로타에? 설마 저놈이 장강수로타주란 말인가?'

차송기의 정체를 아직 몰랐던 남궁유현이 눈을 크게 뜨며 뚫어져라 차송기를 노려보았다.

"날 알아보다니 영광이군. 그러는 자네는 남궁세가의 소가주 남궁상진이겠지?"

남궁상진을 향해 차송기는 허옇게 이를 드러내며 웃었다.

자신들에 대한 정보가 모두 노출되었다는 사실을 인식한 남궁상진의 표정이 처참하게 일그러졌다.

"그리고 그 옆에는 남궁유현 대협과 가주의 금지옥엽인 남궁상아 소저겠고……."

차송기가 더욱 차가운 웃음을 흘리자 남궁상아가 온몸에 소름이 돋는 듯 진저리를 쳤다.

"그걸 알면서도 우리 앞을 가로막겠다는 말이냐?"

남궁유현이 차갑게 가라앉은 어조로 말했다.

"크크크!"

차송기가 기괴한 웃음을 터뜨린 후 말을 이었다.

"땅 위에서는 당신들 가문이 최고일지 모르겠지만 물에서는 그게 안 통하지. 물에서는 내가 제왕이야. 하지만 중원 제일세가나 마찬가지인 남궁세가의 명성을 인정하는 차원에서 거두절미하고 제안을 하나 하지."

"제안?"

남궁유현의 이마가 찌푸려졌다.

대남궁세가가 수적 놈들에게 제안을 받는다는 사실조차 받아들이기 힘들었기 때문이다.

"그렇다! 그 제안만 받아들인다면 우리는 조용히 물러가겠다."

차송기는 다시 한 번 이를 드러내고 웃었다.

반 이상 비늘로 뒤덮인 얼굴에서 피어오르는 미소는 볼 때마다 소름이 끼치게 만들었다.

"무슨 제안인지 어디 들어나 보지."

대답은 남궁유현이 아니라 그 옆 배에 타고 있던 남궁유백의 입에서 흘러나왔다.

남궁세가의 두뇌를 담당하고 있는 그는 최전방에서 싸우기보다는 가문 깊은 곳에서 모든 정보를 수집, 분석, 지시하고 가주에게 조언을 하는 위치에 있지만 어쩐지 이번 임무에는 앞장서서 동참하였다. 그런 그를 보며 남궁상진은 무림맹의 총사나 군사 자리를 약속받은 것이 아닌가 생각하고 있었다.

"역시 남궁세가의 두뇌답게 머리 회전이 빠르시군. 싸우지 않아도 되는 일을 굳이 싸워서 해결하려는 것은 바보들이나 하는 짓이지."

차송기는 미소를 지은 후 입을 열었다.

"나는 당신들이 그 배에 무엇을 싣고 어디로 가든 그건 상관 않겠다. 내가 원하는 건… 당신들 배에 쌀과 같이 실린 피수주다."

"피수주?"

"벽아?"

남궁상진과 남궁상아가 동시에 외쳤다.

남해마경이 중원 제일세가인 남궁세가의 앞을 가로막으며 나타나 요구한 것이 너무 뜻밖이었다.

피수주는 그야말로 수공을 모르는 사람들에게나 필요한 것이지 고래처럼 자유롭게 대해를 헤엄쳐 다니는 남해마경 차송기에게는 필요없는 물건이었다.

"그것만 주면 떠나겠소?"

다른 사람들과는 달리, 전혀 동요하는 기색을 보이지 않은 남궁유백이 차분한 목소리로 물었다.

"물론이다. 세 개를 모두 주면 물길을 열어주겠다."

차송기는 고개를 끄덕였다.

아무리 장강수로타의 주인이라지만 중원제일가인 남궁세가를 공격하는 것은 부담이 생기는 일이다. 오늘의 싸움에서는 승리한다 하더라도 이후 남궁세가의 고수들은 세상 끝까지라도 쫓아올 것이고 그건 평생 피곤한 일이다.

"왜 그것이 필요한가? 다른 사람은 몰라도 당신이라면 전혀 필요없을 텐데?"

이번에는 남궁유현이 질문을 던졌다. 그 역시 남궁상진이나 남궁상아처럼 전혀 이해가 가지 않은 것이다.

"그건 당신들이 알 필요가 없다. 넘겨주기만 하면 된다. 그러면 우린 싸울 필요가 없다."

차송기는 딱딱한 어조로 말했다. 만약 제안을 거절하면 즉시 공격 명령을 내릴 태세였다.

"그 이유는 내가 좀 알지요."

남궁유백이 희미한 미소와 함께 말했다.

남해마경 차송기의 눈살이 찌푸려졌다.

남궁세가 최고 두뇌인 남궁유백의 흐릿한 미소에서 가슴이 조여드는 듯한 불길한 느낌을 받은 것이다.

"남해마경에게는 누구에게도 알려지지 않은 치명적인 약점이 하나 있지요. 물속에서 너무 오래 생활하다 보니 온몸을 통해 스며든 미세한 수기(水氣)가 축적되어 최근에는 수풍(首風)의 증상에 시달릴 정도가 되었고…… 그래서 하루에 두 시진 이상은 이글거리는 장작불 앞에서 운기를 하며 수기를 몰아내야 하지요. 만약 그러지 못하면 제대로 된 능력을 발휘할 수가 없다더군요. 그래서 운기하지 않고도 수기를 몰아낼 피수주가 절실히 필요한 것이지요."

차분하게 설명을 한 남궁유백은 다시 희미한 미소를 지으며 남해마경을 쳐다보았다.

남해마경의 얼굴에 돋은 비늘이 부르르 떨렸다.

자신의 최측근만 알고 있다고 생각한 비밀을 남궁세가에서 알고 있다는 것은 목줄을 반쯤은 잡히고 있는 기분이었다. 만약 그 사실을 다른 사람들이 알게 된다면 그 점을 집중적으로 공략하여 궁지로 몰 가능성이 있었다.

"그런 것까지 알아내다니… 역시 남궁세가야."

차송기는 차갑게 굳어진 표정으로 손을 들어 올렸다.

"하지만 그런 뛰어남이 오히려 화를 불러올 수도 있지. 제안은 없던 일로 한다. 모조리 수장시켜라!"

차송기는 들어 올렸던 손을 세차게 아래로 내리며 고함을 질렀다.

"와아아—"

함성 소리와 함께 열다섯 척의 수적선들이 일제히 포위망을 좁혀왔다.

"이놈들이 감히 남궁세가에 도전을 하다니! 모조리 도륙하겠다."

남궁유현이 검을 위로 치켜들며 공격 명령을 내리려는 찰나, 그가 타고 있던 관선 아랫부분에서 갑자기 쿵! 하는 둔중한 굉음이 울렸다.

"무슨 일이냐?"

남궁상진이 아래쪽을 향해 소리를 질렀다.

"배 바닥에 물이 들어옵니다!"

잠시 후 아래쪽에서 다급한 고함 소리가 들렸다.

조금 전의 둔중한 굉음은 수공에 익숙한 놈들이 물속으로 헤엄쳐 와서 무언가 부딪치게 한 것이 틀림없었다.

"어서 틈을 메우고 물을 막아라!"

남궁세가의 사람들이 분주히 움직이는 사이, 다시 쾅! 하고 아까보다 훨씬 더 큰 굉음이 울렸다. 이번에는 장애물에 부딪친 것이 아니라 수뢰(水雷)를 터뜨린 모양이었다.

배가 크게 흔들리며 아래쪽에서 아비규환의 비명 소리들이 들려왔다.

"격벽 문을 잠그고 모두 갑판 위쪽으로 올라라!"

아래쪽에서 누군가 고함을 질렀다.

구멍이 난 아래쪽 선실 한곳을 밀폐시키면 그곳은 물이 차더라도 격리되어 더 이상 배는 침수되지 않는다. 하지만 공간 한쪽이 물이 가득 들어차 배는 현저히 속도가 떨어지고 더 이상 제 기능을 발휘하지 못한다.

남궁유백과 남궁유건이 지휘하고 있는 배 역시 거의 비슷한 상황인 듯 소란이 일고 있었다.

"한 놈도 남김없이 수장시켜라!"

차송기의 고함과 함께 장강수로타의 쾌선들이 세 척의 관선들을 향해 빠르게 마주쳐 지나갔다.

쿵!

다시 선체 하부에서 둔중한 굉음이 울리며 배에 진동이 느껴졌다.

놈들은 남궁세가의 절정고수들이 타고 있는 관선에는 거리를 두면서 물속에 숨겨진 무언가로 거듭해서 배에 구멍을 내고 있었다. 그렇게 하여 배가 침몰되면 남궁세가 사람들도 물속에 빠지고 그때부터는 자신들의 무대가 되는 것이다.

"밧줄을 던져라!"

남궁유현이 가내무사들을 향해 고함을 질렀다.

휙!

휘익!

관선에서 갈고리가 달린 쇠사슬들이 날았다.

갈고리 하나가 가장 가까이에 있는 수적선에 걸리며 쇠사슬이 팽팽하게 당겨졌다.

파파팟!

남궁유현이 밧줄을 향해 몸을 날렸다.

팽팽하게 당겨진 밧줄을 밟으며 수적들의 배로 날아가는 그의 모습은 한 마리 야조를 연상하게 했다.

"줄을 끊어라!"

수적 하나가 고함을 치며 검을 휘둘러 밧줄을 끊으려는 순간 남궁유현의 검에서 푸르스름한 검기가 뻗어 나왔다.

파앗—

수적의 몸이 반으로 갈라지며 강물 속으로 떨어져 내렸다.

턱!

수적선에 오른 남궁유현은 다시 검을 휘둘렀다.

파츠츠츠—

시퍼런 검기가 작렬하며 네댓 명의 수적들이 한꺼번에 가슴이 갈라지며 바닥으로 나뒹굴었다.

파아앗—

남궁상진도 숙부처럼 밧줄을 밟고 날아와 검을 휘둘렀다.

"크윽!"

수적 두 명이 동시에 쓰러졌다.

"천둥벌거숭이 같은 놈들!"

남궁상진이 한 명의 수적을 더 베려는 순간 낮은 목소리와 함께 차송기가 탄 배가 빠르게 다가왔다.

"시작하라!"

차송기의 고함이 떨어지자 수적들이 갈고리가 달린 밧줄을 모두 잘라내고는 거리를 벌린 후 물속으로 뛰어들었다. 그리고는 남궁상진들이 탔던 작은 배를 공격했다.

쾅!

쾅!

순식간에 배에 물이 들어오며 가라앉기 시작했다.

"수, 숙부님!"

갑판 제일 높은 곳으로 신형을 옮긴 남궁상진이 창백한 표정으로 남궁유현을 쳐다보았다.

남궁유현의 얼굴에도 낭패한 기색이 빠르게 번져 나갔다. 놈들이 자신들의 배마저 공격하여 침몰시킬 줄 몰랐던 것이다.

"내가 말하지 않았나, 물속에서는 내가 제왕이라고. 잠시만 기다려라. 내가 왜 남해마경인지 보여줄 테니. 후후후!"

남해마경 차송기는 가라앉는 배를 보며 차가운 웃음을 흘렸다. 그의 몸에 돋은 비늘이 일제히 일어서며 번뜩였다. 잠시 후 물속에서의 수공을 준비하는 것이다.

"형님! 침착하시고 잠시만 기다리십시오."

남궁유백이 저 뒤쪽에서 고함을 지르며 배에 실린 통나무를 연신 물속으로 던져 넣었다.

"대체 무슨 짓인가, 아우!"

이해가 되지 않는 동생의 행동에 남궁유현은 고함을 질렀다.

형님과 조카가 탄 배가 침몰하는 상황이면 만사를 제쳐두고 구하러 와야 한다. 헤엄을 못 치는 것은 아니지만 물속에 빠져

들면 수공의 일인자인 남해마경 차송기에게 공격을 받을 것이고 그건 치명적이다. 그런데도 동생 남궁유백은 오히려 뒤쪽으로 멀어지며 통나무들을 물속으로 던져 넣고 있었다.

이젠 무릎까지 물에 잠긴 남궁유현은 눈을 부릅뜨며 사방을 둘러보았다.

물 위에 온통 통나무들이 떠 있었다. 동생 남궁유백이 탄 배에서 물속으로 던져 넣은 것도 있었지만 그것보다는 무임승차를 하며 기를 쓰고 따라오던 몇 척의 배에서 하나같이 통나무들을 강물 속으로 던져 넣고 있었다.

'저들이 왜?'

남궁상진도 놀란 눈으로 주변을 살폈다.

뒤쪽에서 기를 쓰고 따라오던 배에서 튀어나온 인영들이 물속으로 뛰어들었다. 차림새로 보아 그들 역시 수공의 고수들 같았다.

"엇!"

남궁상진이 경호성을 터뜨렸다.

뒤쪽의 다른 배에서 튀어나온 흑의인 하나가 강물 위에 떠 있는 통나무들을 밟고 비조처럼 날아오고 있었다.

第九十二章

양동작전(陽動作戰)

장흥관일

강물 위에 떠 있는 통나무들의 간격은 일정치 않아 좁은 곳
은 오 장 정도였지만 넓은 곳은 십 장도 넘었다. 그런 곳을 흑
의의 인영은 아무런 거리낌 없이 건너뛰며 쏜살처럼 날아왔
다.

　십 장도 넘는 거리라면 아무리 경공의 달인이라도 무리가
있었다. 그리고 남궁상진 자신은 도저히 불가능한 거리였다.

　파앗!

　무언가 위험을 감지했는지 차송기는 반사적인 몸놀림과 함
께 물속으로 몸을 날렸다.

　흑의인이 날아오는 속도 그대로 손을 흔들었다.

　흑의인의 손에서 시커먼 그림자 하나가 어리는가 싶은 순간

그림자는 두 개로 갈라지더니 어느새 차송기를 향해 섬전처럼 날아들었다.

좌악!

한발 앞서 차송기의 몸이 물속으로 사라졌다.

물속으로 몸을 던지며 빠져드는 그의 움직임은 실로 한 마리 물고기를 방불케 했다. 땅 위에서는 모르겠지만 물속에서는 자신이 제왕이라고 호언하던 말이 절대로 허풍이 아니었다.

파아앗!

두 개의 접시가 물을 스치며 튀어 올랐다. 뒤를 따라 물줄기 하나도 기둥처럼 접시를 따라 올랐다. 접시에 실린 가공할 기파에 물줄기가 딸려온 것이다.

"약아빠진 놈!"

통나무를 밟으며 날아온 흑의인이 낮은 목소리로 중얼거리며 하나로 된 접시를 회수했다. 그리고는 다시 물속을 향해 그것을 던져 넣었다.

파아앙!

장강 물줄기가 커다란 상흔을 남기며 비명을 질렀다.

그것도 잠시!

물속으로 파고들었던 접시는 다시 두 개로 변해 솟아올랐다. 그리고 그 뒤를 따라 두 사람이 팔을 벌려 안아도 다 못 안을 정도의 큰 물기둥이 접시 두 개를 따라 올랐다.

"어엇!"

거대한 물기둥으로 인해 자신들이 탄 수적선이 뒤집히는 꼴을 당한 남궁상진은 다급성을 지르며 물속으로 뛰어들었다.

"이, 이런!"

남궁유현도 꼼짝없이 물속으로 뛰어들었다. 가만히 있다가는 뒤집히는 수적선 아래로 깔리게 될 판이었다.

파아앙!

저만치서 다시 장강 물줄기가 비명을 토하는 소리가 들리며 거대한 물기둥이 솟구쳐 올랐다.

"대체?"

남궁유현과 남궁상진은 자신이 물에 빠진 사실도 망각하며 멍하니 물줄기를 쳐다보았다.

작은 접시 같은 암기를 물속으로 던져서 저런 어마어마한 물기둥을 만들어내려면 그 접시에 얼마나 엄청난 공력을 불어넣어야 할지 짐작이 가지 않았다. 그런데 저 괴인은 물 위에 뜬 통나무를 박차고 다니며 거듭해서 물줄기를 솟구쳐 오르게 하고 있었다.

"파황성주!"

남궁상진이 벼락 치듯 고함을 질렀다.

괴인의 손에서 던져지는 저 접시는 원앙탈명륜이라는 것이 틀림없었다.

하나가 되었다가 두 개로 분리되며 가공할 능력을 발휘하는 접시!

그동안 남궁세가에서 수집한 정보에 상세하게 설명되어 있던 그 암기였다. 또한 상상을 초월하는 가공할 무위는 파황객의 후예인 그가 틀림없었다.

"이제 보니… 이 일은 형님과 동생 유백의 작품이었군."

남궁유현도 물속에서 몸을 빼낼 생각도 하지 않고 고개를 끄덕였다.

극비리에 이루어진 명숙회동에서 돌아온 형이자 가주인 남궁유찬이 그동안 동생 남궁유백과 함께 무언가를 꾸미는 낌새는 느꼈다. 그러나 워낙 은밀한 분위기 때문에 억지로 묻지 않았고 형도 끝내 가르쳐 주지 않았다.

그건 구미호보다 더 약은 차송기를 잡기 위해 그런 것이 분명했다.

놈에게는 절실하게 필요한 피수주로 유인을 해도 조금이라도 낌새가 이상했으면 놈은 나타나지 않았을 것이다.

파아앙!

다시 장강 물줄기가 비명을 토했다.

아름드리 물기둥이 두 개로 변한 원앙탈명륜을 따라 솟아올랐다.

저 정도의 기파라면 아무리 차송기라 하더라도 물속에서 충격을 입을 것 같았다.

파파팟―

무영의 신형이 물 위에 떠 있는 통나무들을 밟고 빠르게 이동했다.

각 문파에서 수배한 수공 전문가들이 일정한 거리를 두고 따라 헤엄치며 차송기의 궤적을 알려주었고 무영은 통나무를 박차고 종횡무진하며 공격을 하고 있었다.

파아앙—

다시 물기둥이 솟구쳤다.

"맞았다!"

남궁상진이 고함을 쳤다.

물기둥 끝에 혈흔이 비쳤다. 아마도 차송기의 몸 어느 곳을 원앙탈명륜이 할퀴고 지나간 모양이었다.

파아앙—

다시 물기둥이 솟구쳐 올랐다. 그리고 그 물기둥의 끝은 온통 붉은색으로 변해 있었다.

남해마경 차송기의 피가 틀림없었다. 그리고 그 정도라면 치명적인 부상을 입은 것이 분명했다.

"쿨럭!"

"캑캑!"

주변에서 여러 개의 머리가 솟아오르며 기침을 하거나 물을 토해냈다.

여러 문파에서 차출된 수공 전문가들이었다. 뒤쪽의 어선에서 물속으로 뛰어들어 수공을 펼치며 차송기의 움직임을 무영에게 가르쳐 주다가 엄청난 압력으로 회전하는 물줄기의 여파에 충격을 받은 것 같았다.

"잡았소?"

물을 토해내며 기침을 하던 중년인 하나가 주변을 두리번거리며 물었다.

"성공이다!"

다른 누군가 고함을 질렀다.

차송기는 축 늘어진 채 물 위로 떠오르고 있었다. 뼈가 허옇게 드러날 정도로 큰 상처를 입은 허리에서는 연신 피가 흘러나와 주변을 붉게 물들였다.

"한 번만 더 휩쓸렸으면 내가 먼저 죽을 뻔했다. 콜록!"

중년인은 다시 기침을 하다가 물 위에 벌렁 드러누웠다.

"피하시오, 형님!"

옆의 사내가 물 위에 드러누운 사내를 향해 고함을 질렀다.

피피피핑!

수적선에서 수십 발의 화살이 무영과 수공을 펼친 사내들이 있는 곳으로 날아들었다.

"이크!"

물 위에 드러누웠던 사내가 급히 물속으로 자맥질을 하였다.

타타타탁!

무영이 양손에 든 묵륜과 옥륜으로 날아오는 화살들을 모조리 쳐내고는 수면에 늘어져 있는 차송기를 들어 올려 관선의 갑판으로 던졌다.

피피피핑!

다시 화살들이 쏟아져 나왔다.

"우리가 돕겠소."

물속에 빠졌던 남궁유현과 남궁상진, 그리고 관선에서 뛰어 내린 남궁상아가 무영처럼 통나무를 박차며 날아와 화살들을 쳐냈다.

"공력을 끌어올리시오!"

무영이 고함과 함께 원앙탈명륜을 날렸다.

삐이익—

허공에서 고막을 파열시킬 듯한 소음이 터져 나왔다.

"큭!"

"아아악—"

곳곳에서 비명성이 울리며 수적들이 강물 위로 떨어져 내렸 다.

원앙탈명륜이 뿜어내는 음파에 당한 자들이 먼저 물속으로 처박혔고 뒤이어 원앙탈명륜의 발톱에 할퀸 자들이 피를 뿌리 며 떨어져 내렸다.

삐이익!

다시 원앙탈명륜이 날았다.

아까보다 더 많은 수적들이 피를 뿌리며 물속으로 처박혔 다.

남궁상진과 남궁상아도 얼굴을 찌푸리며 간신히 제자리에 서 있었다.

가문의 무사들은 귀를 틀어막으며 주저앉은 사람들이 많았 다. 그러나 세가의 직계혈족으로서의 체면상 그럴 수 없는 그 들은 통나무 위에 꼼짝 않고 서 있었지만 기혈이 뒤틀려 창백한 표정이 되었다.

차송기를 구하려고 발악적으로 달려들던 수적들이 순식간에 수십 명의 동료들을 잃고 배를 저어 후퇴했다.

"괜찮습니까, 형님?"

남궁유백이 다가와 남궁유현의 안부를 물었다.

"내가 한 일이 뭐 있다고······. 동생 계획의 미끼가 된 것밖에 더 있나?"

통나무 하나를 밟고 선 남궁유백이 뼈있는 투정을 부렸다.

"죄송합니다, 형님! 가주님의 엄명이 계셔서 말하고 싶어도 어쩔 수 없었습니다."

남궁유백은 큰형님의 엄명이라 하지 않고 가주님의 엄명이라고 강조하며 공과 사를 확실히 했다.

"쩝! 끌어올리기나 하게!"

남궁유현은 입맛을 다시며 손을 내밀었다. 남궁유백도 마주 손을 내밀어 형 남궁유현과 남궁상진, 남궁상아를 끌어올렸다.

"파황문주인가?"

남궁유현은 차송기를 살펴보고 있는 무영을 바라보며 물었다.

"그렇습니다."

"상진이 나이로밖에 안 보이는데 괴물이군!"

남궁유현이 혼잣소리처럼 말했다.

"소문 이상이더군요."

남궁유백이 고개를 끄덕였다.

잠시 후 모든 것이 정리되고 무영과 남궁가의 사람들이 차탁을 두고 한자리에 모였다.

"수고 많으셨습니다. 덕분에 놈을 잡았습니다."

무영이 먼저 남궁가 사람들에게 인사를 했다. 그간 신속하고도 정확한 일처리와 철저한 비밀 유지 덕분에 오늘의 성과가 가능했던 것이다.

"우리야 뭐…… 그보다 정말 감탄했… 소."

나이는 조카뻘이었지만 무영의 신분이 일파의 문주임을 감안한 남궁유현이 말을 높였다. 하오문 문도들을 모아놓고 장난이 아닌가 싶게 만들어진 문파였지만 지금은 조양방을 비롯한 다른 여러 방파들까지 합친, 사천과 호북을 주름잡는 거대한 방파가 되어 있었다.

"소문은 들었지만 이렇게 뵙고 보니 정말 눈을 새로 뜬 것 같군요."

남궁상진도 호감 가득한 눈길로 무영을 쳐다보았다.

"남궁세가가 아니었으면 불가능한 일이었습니다. 그리고 앞으로도 도움이 더 필요합니다."

무영은 담담하게 고개를 끄덕이며 답했다.

"말씀해 보세요. 우리가 도울 일이라면 적극 도와야지요. 그게 우리에게도 덕이니까요."

남궁상아가 남궁유현의 말을 대신하며 나섰다.

어떻게 해서라도 무영에게 말을 트고 싶어하는 그녀의 속이 훤히 들여다보였기에 남궁유현과 남궁상진은 쓴웃음을 머금었지만 말리지는 않았다.

"우선은 계속해서 무림맹을 만드는 듯한 움직임을 보여주십시오. 남궁세가가 그렇게 움직이면 믿지 않을 사람이 없을 겁니다."

무영은 남궁유백을 쳐다보며 말했다.

"그럼 그 소문은 사실이 아니었단 말이오?"

남궁유현이 물었다.

"무림맹이 그렇게 쉽게 만들어질 수가 있겠습니까. 하지만 소문으로는 구름 위에라도 성채를 만들 수 있지요."

무영이 빙긋 웃으며 답했다.

"말로는 구름 위에라도 성채를 만들 수 있다? 하하하! 그거 정말 멋진 말이군. 하하하하!"

남궁유현이 호쾌하게 웃었다. 그동안 골칫거리였던 장강수로타의 우두머리를 처치한 데 대한 통쾌한 마음이 고스란히 그 웃음에 묻어나왔다.

"그리고 남궁유백 대협."

무영이 남궁유백에게 시선을 돌렸다.

"말씀하시지요."

남궁유백은 마치 윗사람을 대하듯 공손하게 말했다.

그동안 비밀리에 일을 추진하며 무영에게서 받은 충격이 무척이나 컸던 그였다. 무공은 물론이고 마치 톱니바퀴처럼 빈틈없이 계획을 세우고 펼쳐 나가는 두뇌 회전은 공포감마저 느끼게 했던 것이다.

겉보기에는 피수주가 절실히 필요한 차송기가 피수주를 실은 남궁세가의 배를 공격한 것이지만 그 안에는 여우보다 더 약고 간교한 차송기의 의심을 조금도 사지 않고 그를 끌어내기 위한 수많은 작전과 암계가 있었다. 그것들 중 한 가지라도 어긋나거나 허술했으면 오늘의 작전은 실패했을 것이다.

"차송기를 잡은 여세를 몰아 남궁세가에서 녹림십팔채주 종태목도 잡아주시지요."

무영의 제안에 남궁유현과 남궁상진이 움찔 놀라며 무영을 쳐다보았다.

그것 역시 절대로 쉬운 일이 아니다. 차송기가 함정에 빠져 잡혔으니 종태목은 훨씬 더 조심할 것이고 그만큼 더 어려워질 것이다.

"문주께서 조언만 충분히 해주신다면 우리가 기꺼이 도와드리지요."

남궁유백이 빙긋 웃으며 답했다.

그때,

"적이다!"

관선 갑판에서 다급한 고함 소리가 들렸다.

무영과 남궁유현 등은 얼른 갑판으로 나갔다.

"와아아!"

함성 소리가 울리며 수백 개의 화살들이 강 양쪽의 수림에서 날아오고 있었다. 그리고 후퇴하며 뒤로 물러나는 것 같았던 수적선들은 강 옆 수림 쪽에 나열한 채 다음 전투를 준비하고 있었다.

"저놈들은?"

남궁유현의 미간이 급격히 좁혀졌다.

모습은 보이지 않았지만 숲 속에서 화살들을 날리고 있는 놈들은 녹림도들이 틀림없었다. 놈들은 이곳에 미리 대기하고 있었던 듯 관선이 가장 가까워진 시점에서 화살들을 날리고 있었다.

"엇!"

남궁상진도 미간을 좁히며 앞의 수적선들을 쳐다보았다.

강변에 나열해 있던 수적선들이 일제히 나무통을 떨어뜨렸다. 그리고 그 속에서 시커먼 액체가 쏟아져 나왔다.

"기름이다!"

남궁세가 무사들 중 누군가 다시 고함을 질렀다.

백 개도 넘는 나무통 속에서 흘러나온 시커먼 액체는 냄새를 맡아보지 않아도 기름이 틀림없다는 것을 알 수 있었다.

"후퇴하라!"

남궁유현이 고함을 질렀지만 밑바닥에 구멍이 나 반쯤은 물이 들어찬 관선은 현저히 속도가 떨어졌고, 지금은 뗏목보다 조금 빠르게 움직일 뿐이었다.

그러는 사이 나무통에서 쏟아져 나온 기름들은 강물을 따라 빠르게 흘러내려 오며 순식간에 관선 앞까지 도달했다.

"함정은 네놈들만 팔 줄 안다고 생각했겠지?"

왼쪽 강변의 수림 속에서 한 중년인이 모습을 드러내며 나직하게 중얼거렸다.

강변까지의 거리가 수십 장에 가까웠지만 중년인의 목소리는 바로 옆에서 속삭이는 것처럼 분명하게 들려왔다.

"저놈은?"

이제껏 한 번도 침착성을 잃지 않던 남궁유백이 긴장한 표정과 함께 무영을 쳐다보았다. 무영과 함께 빈틈없는 계획을 짜고 그것을 진행시키던 그도 이런 사태까지는 예상하지 못했던 것이다.

"녹림십팔채주 종태목이라는 자이지요."

무영은 담담한 목소리로 답하며 종태목을 쳐다보았다.

"그, 그럼?"

남궁유백의 표정이 창백하게 변했다.

이건 전혀 계획에 없던 일이었다.

아니, 정확히 말한다면 자신의 계획에는 없던 일이었다.

하지만……

이 사내의 계획에는 있던 일 같았다.

조금 전 종태목을 잡아달라던 말이나 지금 종태목의 등장에 조금도 동요하지 않는 모습으로 보아 처음부터 이런 일을 계획하고 있었다는 느낌이 강하게 들었다.

자신은 그동안 형 남궁유현과 조카들을 감쪽같이 속이며 모든 계획을 주관한다고 생각했는데, 지금 보니 자신 역시 더 큰 계획의 한 축이었을 뿐이었다.

"하하!"

남궁유백은 호쾌하게 웃었다.

너무도 완벽하게 속은 탓에 오히려 통쾌한 기분까지 들었다.

"이것도 문주가 세운 계획의 일환입니까?"

남궁유백이 허탈한 미소와 함께 물었다.

"그건 아니고…… 이건 제갈세가의 작품입니다."

무영이 고개를 저으며 답했다.

"제갈세가?"

남궁상아의 눈꼬리가 살짝 치켜 올라갔다.

남궁세가에 비해 재력이나 세력은 떨어질지 몰라도 그들이 세우는 귀계(歸計)와 신책(神策)은 남궁세가보다는 한발 앞선 가문이었다. 그래서 은근한 경쟁심을 느끼고 있었는데 이번에도 그들의 역량은 아낌없이 발휘되고 있었다.

"종태목을 직접 끌어낼 수 있을지는 몰랐는데 해냈군요."

무영이 희미한 미소를 지었다.

"무서운 세상이군!"

남궁세가 소가주 남궁상진도 고개를 절레절레 흔들며 입맛을 다셨다.

언젠가 가주가 되어 가문을 이끌어가야 할 그가 이런 중첩된 계책 속에서 들러리 역할만 하고 있다는 생각을 하니 절로 가슴이 무거워지는 것이다.

"이젠 네놈들이 함정에 빠져 불고기가 될 차례다."

잠시 동안 관선을 바라보던 종태목이 손을 들어 올렸다가 내렸다.

피피핑—

다시 화살들이 날았다.

예상했던 대로 불화살이었다.

화아악!

불화살이 수면에 떨어지자마자 기름에 불길이 번져 나갔다.

아직도 하늘에서는 비가 쏟아지고 있었지만 수면 위로 번져 나가는 불길은 아무런 영향을 받지 않고 관선을 향해 혀를 날름거리며 달려오고 있었다.

"이런 상황에 대한 대비책도 세워져 있겠지요?"

남궁유백이 무영을 향해 물었다.

"그런 것까지 예측한다면 사람이 아니지요. 화공을 생각하다니 놈들도 보통이 아닌 것 같습니다."

무영은 배 아랫부분으로 타오르는 불길들을 보며 장력을 날렸다.

파앙—

장력에 격중된 물살이 튀어 올랐다. 동시에 불길도 같이 튀어 올라 오히려 갑판까지 불덩이가 떨어졌다.

"그만두세요."

남궁상아가 급히 불덩이를 밟아 끄며 고함을 질렀다.

치밀한 계획으로 차송기와 종태목을 유인했다는 것을 알았

을 땐 사람 같지 않아 보였는데 이런 실수를 하는 모습을 보니
어이가 없었다.

"배를 저쪽으로 이동시키십시오."

무영이 남궁유백을 보고 말했다.

남궁유백은 무영이 가리키는 곳을 쳐다보았다.

종태목이 있는 쪽이었다.

"저곳으로 뛰어들겠다는 말이오?"

남궁유백이 긴장된 표정으로 물었다.

숲 속에는 얼마만큼의 녹림도들이 있을지 몰랐다.

파황객의 후예라면 그런 조무래기 정도는 문제가 아니겠지
만 다른 흉계도 얼마든지 있을 수 있었다.

"호랑이를 잡으려면 굴속으로 뛰어드는 수밖에!"

대답과 함께 무영이 갑판에 있는 다섯 개의 통나무를 차례
로 던졌다.

통나무가 마치 다섯 마리 물고기처럼 일렬로 강변을 향해
헤엄쳐 갔다.

파앗—

무영이 훌쩍 수면으로 뛰어내렸다. 그리고는 물에 뜬 통나
무를 박차고 비호처럼 강변을 향해 나아갔다.

"미친놈!"

불길 속을, 그것도 단신으로 날아오는 무영을 보며 비웃음
을 날린 종태목이 손짓을 했다.

피피피핑—

수백 발의 화살들이 무영을 향해 쏘아졌다.

파파파팡!

무영은 양 손등에 끼워진 옥륜과 묵륜으로 화살들을 쳐내며 조금도 속도를 줄이지 않고 종태목을 향해 날아갔다.

"다시 쏘아라!"

종태목의 고함에 더 많은 궁수들이 활시위를 당겼다. 또한 장강수로타의 수적선에서도 수적들이 작살을 들고 던질 채비를 하였다.

피피피피핑!

하늘을 가득 덮을 듯한 화살과 작살들이 무영을 향해 쏘아져 나갔다. 그리고 그 뒤로 노궁에서 발사된 다섯 개의 강전들이 무영의 심장을 노리고 날아갔다.

수백 개의 화살들은 큰 문제가 없었지만 무서운 힘으로 날아오는 강전들은 다분히 위협적이었다.

파앗—

수면 위에 뜬 통나무를 밟고 비호처럼 날아가던 무영의 신형이 어느 순간 훌쩍 허공으로 떠올랐다.

다섯 개의 노궁이 허공에 뜬 무영을 다시 겨냥했다.

휘리릭—

노궁의 방아쇠가 당겨지기 일보 직전 무영의 손에서 붉은 문양이 선명한 부적들이 쏟아져 나왔다. 어지럽게 흩날리던 부적들은 순식간에 붉은 안개를 피워 올리며 허공을 메워갔다. 그 속에서 무영의 신형은 사라져 버렸다.

'위험하다!'

종태목이 신속히 뒤로 물러났다. 전신을 조여오는 뭔지 모를 위기감에 본능적으로 반응한 것이다.

쌔애액!

섬뜩한 파공음과 함께 원앙탈명륜이 종태목의 목을 한 뼘 차이로 할퀴고 지나갔다.

"이, 이놈!"

기절초풍할 듯 놀란 종태목이 목을 쓰다듬었다.

주르르—

목을 스친 기파에 살갗이 벗겨지고 선혈이 번져 나왔다.

종태목은 등줄기에서 얼음물이 흘러내리는 듯한 느낌을 받았다. 간발의 차이로 목이 잘리는 참사를 면한 것이다.

파아앙—

이번에는 혈무 속에서 폭발음이 울렸다.

종태목은 그의 애병인 단철검(斷鐵劍)을 세차게 그어 내렸다.

치이잉—

무형의 기운과 마주친 단철검이 비명을 토해내며 진동했다.

'으윽!'

종태목은 호구가 찢어지는 듯한 느낌을 받으며 뒤로 두 발짝 물러섰다.

스스스—

피처럼 붉은 안개가 걷히며 그 속에서 한 인영의 모습이 드러났다.

종태목은 눈을 부릅뜨며 앞에 선 인영을 주시했다.

'대체 이놈은?'

종태목은 차가운 눈으로 자신을 쳐다보고 있는 무영을 주시했다.

파황객의 후예!

그가 소지한 원앙탈명륜이라는 암기!

현 파황문의 문주!

최근 몇 달 동안 온 중원을 진동시킨 단어들이었다.

또한 무황성주에 버금가는 무공을 지니고 있다고도 했다.

소문이란 것은 몇 배는 부풀려지게 마련이라 그 소문을 믿지 않았는데 놈은 소문보다 몇 배는 더 가공할 무위를 지닌 인간이란 생각이 들었다.

"물러서게! 자네 상대가 아닐세."

뒤에서 굵직한 목소리가 들렸다.

보통의 키에 보통의 몸집을 한 중년인이었다. 그러나 그의 얼굴을 한 번이라도 보았다면 절대로 그런 느낌을 받을 수 없을 것이다.

강퍅한 얼굴에 온통 떠올라 있는 짙은 귀기!

마치 세상의 모든 악령들이 그 얼굴에 다 모여 있는 것 같았다.

무황성의 교룡각주 천홍비(千弘匕)였다.

마련과 사도맹을 습격하여 탈취해 온 무공 비급을 연구하고 그것들을 속성 무공으로 개조하여 흑도에 뿌린 후 그것을 마도의 준동으로 몰아간 장본인이었다. 그 과정에서 온몸에 축적된 마기와 사기가 그의 얼굴을 귀신처럼 보이게 만들었다.

"알겠습니다."

종태목이 순순히 답하며 뒤로 물러섰다.

파황객의 후예와 한번 겨뤄보고 싶은 욕망이 온 내부를 진탕시켰지만 교룡각주의 지시를 무시할 수 없었다. 그는 교룡각주와 외밀원주 요화극이 만든 작품이었던 것이다.

종태목은 뒤로 물러서면서 천홍비 옆에 선 인영을 쳐다보았다.

온몸에 철갑으로 무장을 한 인영이었다. 얼굴까지도 철갑에 뒤덮여 있어 나이를 짐작할 수 없을 지경이었다. 정체를 미리 알고 있지 않았더라면 남자인지 여자인지도 구별하지 못했을 것이다.

무황성 철마단주(鐵馬團主) 막고신(莫固申)이었다.

그의 뒤로 같은 차림의 인영들이 수림에 몸을 숨기고 석상처럼 서 있었다.

철마단은 아직까지 아무에게도 알려지지 않은, 무황성의 비밀병였다. 대사가 시작되면 마지막 순간에 나타나 모든 것을 종식시킬 목적으로 만든 인간병기들이었다.

오십 명으로 구성된 그들은 특수 제작된 철갑을 온몸에 둘러 반 갑자의 공력을 쏟아부은 장력에도 거의 충격을 받지 않을 정도였다.

무황성주 단목상군이 폐관수련에 들어가고 장로들의 반란 기미가 보일 때 외밀원주 요화극은 철마단을 움직이려 했지만 성주의 허가가 없어 그때는 움직일 수 없었다.

성주의 허가가 있어야 움직일 수 있는 철마단 단원들이 이번 임무에 모두 투입된 것이다.

"그야말로 용담호혈이로군!"

자신 앞에 선 교룡각주 천홍비와 철마단주 막고신, 그리고 오십 명의 철마단 무사들을 쳐다본 무영이 차갑게 중얼거렸다.

남궁세가와 제갈세가, 두 세가를 아우르며 치밀한 작전을 짜서 남해마경 차송기를 잡았고 녹림십팔채주 종태목까지 유인했다고 생각했는데 놈들 역시 가만있지 않았다.

놈들은 오히려 차송기와 종태목을 미끼로 자신을 유인한 것이었다.

"그걸 너무 늦게 알았네."

교룡각주 천홍비가 흐릿하게 웃으며 답했다.

"그렇군. 이 정도일 줄은 몰랐소."

무영은 고개를 끄덕였다.

"남해마경 차송기와 독검혈랑 종태목을 던져 자네를 잡는다면 손해 보는 장사가 아니지. 아니, 세상에 다시없는 멋진 장사지. 하하하!"

천홍비가 통쾌하게 웃었다. 대신 종태목의 볼살은 세차게 씰룩거렸다.

"장사치로 나가지 그랬소?"

무영이 비웃음을 흘렸다.

"부업으로 그래 볼 생각이네."

천홍비의 얼굴에 스산한 미소가 떠올랐다.

옆에 있던 종태목이 자신도 모르게 숨을 헐떡였다. 천홍비의 미소 속에서 흘러나오는 기이한 기운이 심맥을 뒤흔든 것이다.

마혼소 같기도 하고 미혼공 같기도 했다. 그런가 하면 독미랑(毒美郞)이라는 희대 색마의 색혼공 같기도 했다.

"이제 그만 사냥을 시작하겠네. 자넨 시간을 주면 줄수록 더 위험해지는 인간이란 걸 익히 파악하고 있으니 말일세."

천천히 올라왔던 천홍비의 손이 세차게 내려갔다.

우지끈!

툭탁—

수림 속에서 멧돼지 떼들이 튀어나오는 듯한 소리가 울려 퍼졌다.

멧돼지가 아닌 철마단의 철갑인들이었다.

눈만 빼놓고는 온몸이 철갑으로 덮인 철갑인들이 부딪치는 것은 그 무엇이라도 부수고 나가겠다는 듯 일직선으로 튀어나오고 있었다.

第九十三章
천마강림(天魔降臨)

장흥관일

파아앙―

무영의 손에서 장력이 터졌다.

제일 앞에서 뛰어오던 철갑인 하나가 장력에 격중당하며 뒤로 날아갔다.

꽈앙―

철갑인은 바위에 세차게 부딪치며 바닥으로 떨어져 내렸다.

무영의 양손이 다시 어지럽게 흔들렸다.

이번에는 네 명의 사내들이 장력에 격중당하며 허공으로 떠올랐다가 바위나 나무둥치에 세차게 부딪치며 떨어져 내렸다. 그리고는 죽은 듯이 움직임을 멈추었다.

"젠장!"

제일 먼저 무영의 장력에 격중당했던 철갑인이 역정과 함께 머리를 흔들며 몸을 일으켰다.

제법 충격을 입은 것 같았지만 치명적인 것은 아닌 듯했다.

"제법 아프군!"

나머지 네 명의 사내들도 기침을 토하거나 욕지거리를 토하며 일어섰다.

"후후후!"

교룡각주 천홍비가 음산한 웃음을 터뜨렸다.

파황객 후예의 장력에 격중당하고도 저 정도로 멀쩡하다면 충분히 성공작이었고 놈도 잡을 수도 있을 것 같았다.

"오늘이 네놈 제삿날이다. 한꺼번에 공격하라!"

철마단주 막고신이 득의에 찬 고함을 질렀다.

우지끈! 투다닥!

수림 곳곳에서 철갑인들이 한꺼번에 튀어나오고 있었다.

"누가 제일 먼저 제사상을 받을지 두고 볼까? 후후!"

무영이 차가운 미소와 함께 막고신을 향해 손을 뻗었다.

'이놈이?'

무영의 미소를 대한 막고신은 가슴이 철렁하는 기분을 느끼며 마주 손을 뻗었다.

우웅—

손가락 사이로 부드러운 바람이 스쳐 지나갔다. 그리고 그 바람은 막고신의 가슴 어림에서 급격히 뭉쳐지며 폭발을 일으켰다.

콰앙—

"막 단주!"

무언가 이상함을 느낀 천홍비가 눈을 크게 뜨며 막고신을 불렀다.

막고신의 눈이 가늘게 찢어졌다.

가슴에서 아무런 통증이 느껴지지 않았던 것이다.

철갑의 효력이 생각 이상이었다.

"후후후!"

막고신이 득의의 웃음을 터뜨렸다.

"허명만 높은 놈이구나. 흐흐흐… 크윽!"

승리감에 도취된 막고신의 웃음이 이상하게 귀결되었다.

여전히 통증은 느껴지지 않았다. 그런데 온몸에서 기운이 빠르게 빠져나가고 있었다.

"이, 이게 무슨……?"

막고신은 불신 가득한 눈으로 모래탑처럼 무너지는 자신의 몸을 내려다보았다.

여전히 철갑은 이상이 없었다.

구겨지거나 찢겨진 곳도 없었고 광채도 그대로였다. 그런데 철갑 안에 든 내용물은 서서히 붕괴되기 시작했다.

"수라흡정의 응용이지. 하앗!"

기합성과 함께 무영은 원앙탈명륜을 세차게 던졌다.

삐이익—

가공할 음파가 먼저 사방으로 터져 나갔다.

퍼억!

원앙탈명륜의 궤적 근처에 있던 땅거죽이 음파에 휩쓸려 터져 올랐다.

멧돼지처럼 달려오던 철갑인들이 주춤거리며 양손으로 귀를 막았다. 고막을 터뜨릴 듯한 가공할 음파에 철갑은 아무런 소용이 없었다.

콰앙!

음파에 이은 원앙탈명륜이 철갑인 한 명의 가슴을 두드렸다.

철갑이 움폭 기어들어 가며 그 안에 든 가슴의 갈비뼈를 왕창 내려앉혔다.

까가강—

이번에는 세차게 쇠를 긁어대는 소리가 울렸다.

묵륜이 철갑을 할퀴고 지나간 것이다.

철갑이 쭈욱 찢어지며 철갑인의 옷이 드러났다.

파파파—

피가 튀어 올랐다.

묵륜이 할퀴고 지나간 자리를 옥륜이 다시 할퀴며 맨살을 찢어발긴 것이다.

"크아악!"

처절한 비명과 함께 두 명의 철갑인이 바닥을 뒹굴었다.

"죽어라!"

철갑인 하나가 육탄으로 무영에게 부딪쳐 오며 검을 휘둘렸다.

수비를 완전히 도외시한 공격이었기에 그만큼 위험하고 치명적이었다.

무영이 손을 쭈욱 뻗었다.

콰앙—

처음 공격을 당한 철갑인처럼 그도 허공에 떠올랐다가 떨어져 내렸다. 그러나 결과는 천양지차였다.

파아앗—

철갑의 이음새와 곳곳에 뚫려 있는 구멍 사이로 피분수가 터져 나왔다.

천홍비의 눈꼬리가 찢어져라 치켜 올라갔다.

처음의 손속은 철저히 자신의 힘을 숨긴 공격이었다. 아마도 일성이나 이성의 공력만으로 공격한 것이 분명했다.

"여우같은 놈!"

천홍비는 불끈 공력을 끌어올렸다.

콰앙—

다시 원앙탈명륜이 철갑인들을 두드리는 소리가 들리며 피가 튀어 올랐다. 뒤이어 네명의 철갑인이 허공으로 튀어 올랐다가 바닥으로 나뒹굴었다. 그들 역시 처음의 경우와 달리 다시는 일어나지 못했다.

"하아아!"

동료들의 죽음과 함께 거리를 좁힌 철갑인들이 한꺼번에 무영에게로 달려들었다. 그야말로 대호에게 달려드는 승냥이 떼 같았다.

너무 근접한 거리 때문에 원앙탈명륜을 던질 수 없게 된 무영은 두 개의 륜을 각각 손등에 끼웠다. 그렇게 하자 원앙탈명륜은 방패와 동시에 권갑의 역할을 하게 되었다.

콰앙—

권갑에 가격당한 두 명의 철갑인이 추풍낙엽처럼 뒤로 날아갔다.

파아앙—

이번에는 장력에 가격당한 철갑인 네 명이 피를 토하며 그 자리에서 무너졌다.

그 순간 천홍비가 소리없이 쌍장을 흔들었다.

아주 짧은 순간 시뻘건 귀화가 천홍비의 두 손에 어리는 듯하더니 무영을 향해 그대로 쏘아졌다.

마도의 혈마귀환 같았다. 그러면서도 아무런 기척 없이 무영을 향해 다가드는 모습은 사도맹의 유부음풍(乳腐陰風)을 닮았다.

퍼억!

다섯 명의 철갑인을 한꺼번에 상대하던 무영의 어깨에 아무런 기척도 없이 다가온 천홍비의 장력이 격중했다.

무영의 상체가 휘청 흔들렸다.

그 사이로 철갑인 하나가 동귀어진의 수법으로 돌진했다.

콰앙!

무영의 손바닥과 철갑인의 머리가 부딪쳤다.

무영이 세차게 손을 돌렸다.

끼이익!

철갑인의 목덜미 이음새 부분에서 쇠를 긁는 소리가 터져 나오며 철갑의 머리 부분이 완전히 뒤로 돌아간 철갑인이 스르르 무너졌다.

휘익—

다른 철갑인 한 명의 검이 무영의 허리를 향해 떨어졌다. 동시에 천홍비의 기이한 장력이 무영의 명문혈을 향해 다가들었다.

무영이 신속히 신형을 틀었다.

퍼억!

천홍비의 장력이 바닥을 두드렸다.

그러는 사이 세 자루의 검과 두 자루의 칼이 무영을 향해 날아들었다.

아까와 마찬가지로 수비를 전혀 고려하지 않은 그들의 공격은 동귀어진의 수법처럼 치명적인 위험성을 내포하고 있었다.

무영의 양손이 빠르게 앞으로 쳐나갔다.

까까까까깡!

도합 다섯 자루의 검과 도가 권갑이 된 묵륜과 옥륜에 부딪쳐 튕겨 나갔다.

우우웅—

무영의 손바닥에서 진동음이 일었다.

콰아앙—

무지막지한 장력이 터져 나가며 앞으로 달려들던 철갑인 두 명이 벽에 부딪친 공처럼 되튕겨 나갔다.

　삐이익—

　거리가 확보되자 하나로 합쳐진 원앙탈명륜이 파괴의 굉음을 내며 날아갔다.

　"이, 이런!"

　소리없이 음풍을 날리려던 천홍비가 섬전처럼 날아오는 원앙탈명륜을 보고 필사적으로 뒷걸음질을 쳤다.

　콰아앙—

　원앙탈명륜에 할퀸 바위 한 귀퉁이가 터져 나가며 돌조각이 되어 비산했다.

　쉬이익—

　네 명의 철갑인이 다시 무영을 향해 돌진하며 장력을 뿌리고 검을 휘둘렀다.

　원앙탈명륜을 회수도 하지 못한 채 무영이 두 손을 뻗었다.

　우우웅—

　장력이 무영의 왼쪽 손바닥에서 생긴 암혈 속으로 빨려들었다. 뒤이어 한 자루의 검이 무영의 손에 잡힌 채 고드름처럼 부서졌다. 남은 한 자루 도와 한 자루 검은 되돌아오는 원앙탈명륜에 부딪쳐 동강이 나며 튀어 올랐다.

　휘익—

　무영이 훌쩍 전권을 벗어났다.

　"전반전이 끝났으니 잠시 쉬었다 후반전을 시작합시다."

쓰러진 철갑인들을 훑어보며 무영이 차가운 미소를 던졌다.

철갑인들은 반 가까이 쓰러져 있었다.

그야말로 전반전이 끝난 셈이었다.

교룡각주 천홍비의 얼굴이 처참하게 일그러졌다.

숫자만 따진다면 반이 쓰러진 것이지만 그 속에는 철마단주 막고신도 포함되어 있었다.

놈은 교활하게도 처음에는 철저히 자신의 힘을 숨겨 방심하게 만든 후 순식간에 막고신을 처치해 버렸다. 많은 숫자의 상대를 맞서 싸울 때는 제일 먼저 우두머리를 치라는 병법의 원리를 철저히 따른 행동이었다.

그것도 모자라 지금까지도 놈은 전력을 투구하지 않고 있었다. 막고신을 순식간에 처치하던 때의 그런 가공할 무공은 펼치지 않고 내력 소모가 극히 적은 단순한 무공으로 싸우며 힘을 아끼고 있었다. 그런데도 철마단의 반이 죽거나 전투 불능의 상태로 나뒹굴고 있었다.

파황객!

천홍비의 뇌리에 공포의 별호가 떠올랐다.

그때의 파황객은 파천황의 힘은 가졌어도 저렇게 교활하지는 않았다고 들었다. 그런데 그 후예인 저놈은 파천황의 힘에 교활하기 짝이 없는 두뇌까지 지녔다.

놈은 이미 전대의 파황객을 뛰어넘고 있었다.

천홍비의 눈에 불길이 일었다.

우우웅—

천홍비의 몸에서 하얀 기류가 아지랑이처럼 솟아올랐다.

지극히 사이하고 악마적인 기운이었다.

"크윽!"

가까이에 있던 철갑인 하나가 천홍비의 몸에서 피어오르는 기운에 휩싸이며 목을 부여잡고 비틀거렸다. 그를 따라 다른 철갑인들도 비슷한 움직임을 보였다.

교룡각주 천홍비의 기도에 같은 편인 철갑인들이 당하고 있는 것이다.

그러나 그것은 잠시 동안의 일일 뿐이었다.

번쩍!

비틀거리던 철갑인들의 눈에서 신광이 뻗어 나왔다.

천홍비의 몸에서 흘러나오는 기운은 철갑인들의 잠력을 증폭시켜 한꺼번에 폭발시키는 일종의 사술이었다.

무영의 눈이 날카롭게 빛났다.

철갑을 온몸에 둘러 수비를 도외시하고 철저하게 공격만을 일삼는 그들이 잠력까지 증폭시키며 달려든다면 그야말로 강시나 마찬가지다.

파앗—

무영의 손이 움직이며 원앙탈명륜이 허공을 갈랐다.

쐐애액—

귀곡성과 함께 두 개로 분리된 원앙탈명륜이 천홍비의 목덜미를 향해 날아들었다.

천홍비 앞에 있던 철갑인이 몸으로 천홍비를 막아섰다.

까앙—

원앙탈명륜이 철갑인의 가슴을 두드렸다. 그러나 아까처럼 철갑을 찢거나 움푹 기어들어 가게 만들지 못했다. 잠력이 증폭된 철갑인의 몸에서 피어오른 반탄강기가 철갑을 더욱 강하게 만들었기 때문이다.

"무적의 철마들이여, 저놈을 갈기갈기 찢어 죽여라!"

천홍비가 음울한 주문처럼 지시를 내렸다.

"하아앗!"

철갑인들이 기합성을 지르며 무영을 향해 사방에서 달려들었다.

우우웅—

무영의 손에서 은색 광채가 뭉쳤다.

파황객의 절기인 은하광망(銀河光網)의 초식에 무당산에서 대성을 이룬 반선심공의 기운이 어우러져 우주광망으로 펼쳐졌다.

슈아악—

은색의 광망이 달려드는 철갑인들을 향해 덮쳐 갔다.

타타타탕—

우주광망의 초식에 휩싸인 다섯 철갑인의 철갑에서 탄환이 부딪치는 듯한 소음이 터지며 철갑이 갈가리 찢어져 나갔다.

그 위로 다시 혈무가 쏟아져 들었다.

"크아아악!"

다섯 명의 철갑인이 처절한 비명과 함께 칠공에서 피를 토하며 쓰러졌다.

"지금이다!"

천홍비가 철갑인 두 명의 등 뒤로 몸을 숨기며 깃발을 들어
올렸다.

주변으로 모두 모여들어 기회만 살피고 있던 녹림과 장강수
로타의 사람들이 활시위를 놓았다.

피피피핑—

수백 개도 넘는 화살들이 온 하늘을 메우며 날아들었다.

달려드는 철갑인들을 상대하던 무영이 주춤 공격을 멈추었
다.

저런 화살들이야 호신강기로 날려 버릴 수 있었지만 강시처
럼 달려드는 철마단원들을 상대하며 적절하게 호신강기를 펼
칠 여유가 없었다.

무영은 달려드는 철마단원 한 명을 잡아 허공으로 던졌다.

따다당—

허공에 뜬 철마단원의 몸에 화살들이 부딪치며 쇳소리들이
터져 나왔다.

그 순간 두 명의 철마단원이 무영을 향해 장력을 터뜨렸다.

무영이 급급히 상체를 뒤틀었다.

"하아앗!"

허공으로 떠올라 무영의 화살받이가 되었던 철마단원도 떨
어져 내리는 속도 그대로 장도를 내리그었다.

우우웅—

무영의 손에서 강력한 진동음이 울리며 떨어져 내리던 철마단원과 앞으로 쇄도하던 철마단원 두 명이 산산조각나며 날아갔다.

절체절명의 순간에 펼쳐진 혈참만폭(血斬萬爆)의 가공할 무위였다. 또한 그것은 철마단주를 처치한 후 처음으로 오성 이상의 공력을 끌어올려 뿌린 공격이었다.

피피피핑—

다시 수백 발의 화살들이 쏟아졌다.

무영의 어깨에 화살 하나가 스쳐 지나갔다.

오성의 공력이 가미된 혈참만폭의 가공할 무위가 펼쳐지며 순간적인 수비의 공백이 생겼기 때문이다.

우우웅—

천홍비의 음습한 장력이 최대한의 기색을 죽인 채 다시 무영의 등을 가격해 왔다.

무영의 신형이 흐릿하게 흔들리며 일 장 가까이 옆으로 이동했다. 이매신보를 능가하는 신법이었다.

"기다리고 있었다."

철마단원 하나가 검을 휘둘렀다.

무영이 손등에 끼운 묵륜으로 검을 막는 순간 천홍비가 깃발을 들어 올렸다.

피피핑—

화살들이 다시 날았다.

그러나 그 수가 조금 전과 비교해 반도 되지 않았다.

천홍비가 와락 눈살을 찌푸리며 위쪽을 쳐다보았다.

우두두두—

활을 든 녹림도들이 제방이 무너지듯 쏟아져 내렸다.

"아아악!"

이번에는 반대쪽에서 비명성이 울리며 장강수로타의 수적들이 굴러 내렸다.

콰아앙—

아수라 모양의 시뻘건 장력이 녹림도와 장강수로타 사람들을 향해 연신 덮쳐들고 있었다.

"혈마귀환?"

천홍비가 고함을 질렀다.

자신이 변형하여 익힌 것도 그것이었기에 너무 잘 알았다.

"그렇지. 저것이 바로 진정한 혈마귀환이지."

굵직한 목소리가 바로 뒤에서 들렸다.

"그리고 이건 잠마출현(潛魔出現)이고!"

부연호의 두 손에서 암홍색 장력이 터져 나왔다.

천홍비가 두 눈을 부릅뜨며 같이 쌍장을 내질렀다.

"크윽!"

천홍비는 억눌린 비명을 토했다.

부연호가 뿌리는 잠마출현은 그 격이 달랐다.

마도의 무공을 철저히 연구하고 그것을 속성으로 개조하여 익히며 흑도에 뿌린 천홍비였지만 마련에서 태어나 온몸에 마기를 가득 채운 부연호의 잠마출현과는 상대가 되지 않았다.

"세상에는 진짜보다 더 진짜 같은 가짜가 있다지만 그건 한 계가 있지."

부연호의 손에서 이번에는 암흑처럼 짙은 흑무가 터졌다.

천홍비는 옆에 있는 철마단원 하나를 끌어당겨 앞을 막았다.

퍼엉—

"어쭈!"

자신의 장력에 가격당하고도 몇 걸음밖에 물러서지 않는 철마단원을 보며 부연호는 눈살을 찌푸렸다.

"이음새 부분을 가격하게."

숨을 돌린 무영이 훈수를 했다.

"어딘데?"

"눈은 뒀다 뭐하나."

퍼엉—

철마단원의 팔꿈치에 부연호의 장력이 터졌다.

"크윽!"

철마단원의 팔이 축 늘어졌다.

철마단원을 밀쳐 버린 천홍비가 쌍장을 내밀었다.

그의 손에서 사공인지 마공인지 알 수 없는 장력이 터져 나왔다.

무영이 나서며 손을 흔들었다.

천홍비의 손에서 뻗어 나오던 기이한 기운이 바람에 날리는 굴뚝 연기처럼 사라져 버렸다.

이것저것 수많은 마공과 사공을 몸에 섭렵한 그였지만 제대로 된 절기는 하나도 가지지 못했다.

천홍비는 급히 철마단원들 뒤로 몸을 이동했다.

"왜 이렇게 늦게 왔나?"

무영이 근처에 있던 두 명의 철마단원을 터뜨려 버리며 물었다.

"놈이 보통 약아야지. 섣불리 움직였으면 냄새를 맡고 사라졌을 것이네."

부연호는 창백한 인상을 하고 있는 천홍비를 보며 말했다.

퍼엉―

그러는 사이 또 한 명의 철마단원이 목을 부여잡고 쓰러졌다.

"쉽게 상대할 줄 알았는데 좀 고전한 모양이군!"

부연호가 무영의 어깨에 난 화살 스친 상처를 보며 말했다.

"자네가 이제까지 시간 약속을 한 번도 제대로 안 지켰기에 섣불리 전력투구를 할 수가 없었지."

"쩝!"

두 사람은 여유롭게 대화를 하면서도 한 명씩 철마단원들을 처치해 나갔다.

화살이 날아오지도 않고, 이젠 내력을 아낄 필요가 없는 상태인지라 무영의 손에서는 무시무시한 기운이 터져 나갔고 그것에 휘말린 철마단원은 피떡이 되어 쓰러졌다.

철마단원들의 수가 줄어들수록 천홍비의 표정은 참담하게

변해갔다.

작전에서도 실패했고 상대를 파악하는데도 실패했다.

부연호 일행이 오지 않았다고 해도 자신이 저놈을 잡을 수는 없었을 것이란 생각이 들었다.

최악의 순간을 맞아 맞상대를 하지 않고 도주를 한다면 절대로 잡을 수 없었을 것이다.

급박한 상황에서도 도주하지 않은 것은 오히려 천홍비 자신을 잡기 위한 때문이란 생각이 들었다.

마침내 철마단원들이 모두 쓰러졌다.

거의 때를 같이해서 화살을 날리던 녹림도와 장강수로타 무리도 괴멸되거나 뿔뿔이 흩어져 도망을 갔다.

"이놈은 살려둘 필요가 없겠지요?"

복지강이 종태목을 제압하여 끌고 왔다.

그의 뒤를 따라 지상학, 구현목 등이 마도인들과 함께 걸어 왔다.

"저놈과 함께 인질로 잡지."

부연호가 천홍비를 가리키며 말했다.

"저놈이 우리의 무공을 마음대로 변질시킨 놈입니까?"

복지강의 눈에서 주체할 수 없는 살기가 일렁거렸다. 부연호의 지시가 없다면 당장에라도 찢어죽이고 말 것 같았다.

"어림없다!"

천홍비가 온 내력을 끌어올리며 고함을 질렀다.

그의 몸이 복어처럼 부풀어 올랐다. 이른바 폭혈마공을 펼치려는 것이다.

"채 일성의 혈마기도 축적하지 못한 상태에서 그것을 펼치겠다고?"

부연호가 지풍을 날렸다.

천홍비의 몸이 바람 빠진 공처럼 쪼그라들었다.

부연호는 천홍비의 마혈을 제압한 후 종태목 옆에 던졌다.

"그런데 분위기가 좀 이상하군."

무영은 녹림도와 장강수로타 무리들을 궤멸시키고 부연호 주위로 몰려드는 마도인들을 보며 말했다.

그들은 승리의 기분에 젖기보다는 무언가 숨길 수 없는 비장한 표정을 하며 모여들고 있었다.

"소집령을 내린 후 첫 대면이라 그렇다네."

"완성했나?"

무영이 부연호의 말뜻을 알아듣고 물었다.

"최소한의 성공은 이루었네."

"그럼 증명해 보여야지."

"그래야겠군."

빙긋 미소를 지은 부연호가 비장한 표정으로 다가오는 마도인들을 향해 걸어갔다.

"그대들에게 고하노니!"

부연호는 평소의 장난기 어린 표정은 씻은 듯이 지우고 만장 절벽처럼 근엄한 표정으로 고함을 질렀다.

"오늘 이 시간을 기해 천마의 부활을 알리노라!"

고함을 지른 부연호의 손에서 핏빛 광채가 터져 나갔다.

태산이라도 쓰러뜨릴 듯한 막강한 기운은 허공 십 장 가까운 곳에서 폭죽처럼 터지며 어떤 형상을 만들어갔다.

그것은 부연호가 언제나 품에 넣고 다니는 마령패의 아수라 형상이었다.

그것이 천마의 독문 무공인 천마강림(天魔降臨)이자 천마의 신분을 증명하는 최소한의 기운이었다.

"우와아!"

천마강림의 무공이 펼쳐지자 비장한 표정으로 다가들던 마도인들이 목이 터져라 함성을 지르다가 그 자리에 오체투지하며 통곡성을 터뜨렸다.

"천마시여. 크흐흑!"

"종주시여……!"

"천마강림! 마도성세!"

마도인들의 오랜 염원이 그렇게 풀리고 있었다.

第九十四章

내란(內亂)

장흥관일

치이익!

매캐한 연기가 피어오르며 최고급 흑단목으로 된 태사의의
손잡이가 재로 변해 떨어져 내렸다.

악운은 한꺼번에 몰려온다고 했던가?

무림맹의 가동!

녹림십팔채와 장강수로타의 괴멸!

철마단의 전멸!

철마단주와 교룡각주의 생포!

천마의 부활!

한 가지만 일어나도 평정심을 잃을 만한 사건들이 한꺼번에
터졌다.

그리고 그렇게 한꺼번에 터진 일련의 사건들이 단 한 놈에 의해서이다.

그게 가능한 일인가?

푸쉬쉬!

다른 쪽 태사의의 손잡이도 재가 되어 흩날렸다.

'그때 기필코 놈을 죽였어야 했다.'

단목상군은 이를 악물었다.

온갖 계략으로 미꾸라지처럼 자신의 손아귀를 빠져나가던 그놈!

살려놓으면 나중에 크게 후회할 일이 생길 것이라는 예상을 했지만 이 정도일 줄은 몰랐다.

하나하나 자신의 팔다리를 잘라 이젠 운신이 불가능하게 만들었다.

자신의 팔다리가 모조리 잘렸다는 느낌을 받은 단목상군은 자리에서 벌떡 일어서서 팔다리를 움직여 보았다.

몸에 달린 팔다리는 멀쩡했다.

그러나 자신의 명령 한마디에 신속히 움직이는 수족들은 온전한 것이 없었다.

'주마룡, 그놈이 천마가 되었단 말인가?'

단목상군은 부연호의 모습을 떠올렸다.

반쪽 가면을 쓰고 쇠라도 녹일 듯한 살기를 폭사하며 자신을 쳐다보던 그놈!

놈이 정말 천마의 무공을 얻고 수만이 될지, 수십만이 될지 모르는 마도를 집결하여 천마로 군림한다면 그건 그 어떤 것보다 치명적인 위협이다. 그들은 무황성의 붕괴를 최우선의 과제로 삼을 것이 분명했다.

지금은 백도무림을 움직여 마도를 상대할 수도 없다. 오히려 백도무림이 마도와 힘을 합쳐 무황성을 상대하려 할 것이다. 남궁세가와 제갈세가를 움직여 무황성에 대적하도록 만든 간교하기 짝이 없는 그놈은 틀림없이 그렇게 할 것이다.

'그때 폐관수련에 들지 말고 그놈부터 죽였어야 했다.'

단목상군은 땅을 치고 후회를 하고 싶은 심정이었지만 엎질러진 물이었다.

"주군!"

옆에서 말없이 지켜보던 외밀원주 요화극이 단목상군을 불렀다.

이마와 온 팔에 솟아오른 핏줄은 주화입마에 들지나 않을까 하는 걱정이 들게 했다.

"말하라!"

단목상군이 짤막하게 말을 받았다.

계략의 실패에 대한 질책이 그 목소리에 녹아 있었다.

"아직은 끝난 게 아닙니다. 기회는……."

쾅!

탁자가 부서지며 그 파편들이 허공으로 튀어 올랐다.

"누가 끝났다고 했느냐!"

공력을 가득 실은 단목상군의 목소리가 온 실내를 진동시

컸다.

"용서를……"

요화극이 오체투지하며 바닥에 머리를 찧었다.

단목상군의 온몸에서 피어오르는 기운이 숨을 막히게 했다. 요화극은 온 내력을 끌어올려 겨우 몇 모금의 숨을 들이켰다.

그동안 몇 번의 난관이 있었지만 그건 얼마든지 해결 가능한 것이었다. 하지만 이번에는 달랐다. 어디서부터 손을 쓸지, 어떻게 손을 써야 할지 엄두가 나지 않았다.

이젠 물밑에서 모든 일을 조종하며 꾸미는 것은 불가능하다. 교룡각주와 철마단주를 비롯한 차송기, 종태목이 모두 잡혔으니 얼마 후면 무황성의 행위들이 드러날 것이고 배척을 당하게 될 것이다. 그러면 성공 가능성은 일 할도 되지 않는다.

지금으로서는 모든 소문들이 퍼져 나가기 전에 신속히 일을 시작해야 한다.

"계략 한 가지가 실패했을 뿐, 목표는 그대로이다!"

단목상군의 목소리가 돌에 새기듯 단단하게 흘러나왔다.

"즉시 새로운 계략을 짜겠습니다."

"이번에는 목숨을 걸어라!"

"존명!"

요화극이 다시 바닥에 머리를 찧은 후 뒷걸음질로 물러났다.

요화극이 물러난 잠시 후 시비의 바쁜 발걸음 소리가 들려왔다.

"성주님, 셋째 아가씨가 돌아왔습니다."

시비의 목소리가 발걸음보다 더 빠르게 들려왔다.

"셋째?"

단목상군이 눈을 가늘게 떴다.

"대체 어떻게, 어떻게 돌아왔느냐!"

중년 미부가 단목진희의 양어깨를 잡으며 울부짖듯 말했다.

단목상군의 부인이자 단목진희의 어머니인 철봉황 조화민이었다.

그동안 여러 번 사람을 보내 귀가를 종용했지만 단목진희는 끝내 말을 듣지 않더니 파황문에 인질까지 되었다고 들었다.

그놈에게 인질이 되었다면 죽은 목숨이라 봐야 했다.

처음에는 그놈 역시 무황성이 무서워 위건화만 인질로 잡고 보내주었겠지만 두 번째는 절대 보내주지 않으리라고 생각했다.

그런데 셋째 딸 진희는 이렇게 돌아온 것이다.

조화민은 그야말로 죽었던 딸이 다시 살아온 심정으로 딸의 손과 얼굴을 번갈아 어루만졌다.

"대체 어떻게 된 일이냐? 말 좀 해보거라! 그놈이 널 살려준 것이냐?"

조화민은 거듭 딸의 손을 어루만지며 물었다.

"그자는 절대로 절 살려줄 사람이 아니에요."

단목진희는 이를 악물며 말했다.

"그럼 어떻게 살아왔느냐? 설마 너……?"

조화민은 과년한 딸을 가진 어머니의 가장 근원적인 염려를 두 눈 가득 드러냈다.

"뱀보다 더 차가운 냉혈한이긴 했지만 파렴치한 인간은 아니었어요."

단목진희는 세차게 고개를 흔들며 조화민의 염려를 불식시켰다.

조화민이 소리없이 한숨을 내쉬었다.

"그럼 어떻게?"

"제 또래의 여인이 그곳에 있었어요. 호북성 화씨세가의 여식인데…… 이름은 화연옥이라 했어요. 그 여인이 절 살려주고 보살펴 주었어요. 그리고 탈출시켜 주었어요. 영리한 여인이라 절 살려주는 게 자신의 가문을 위해서도 낫다는 생각을 했겠지요."

"호북성 화씨세가라면 중원제일 검가인……."

조화민의 눈에 의혹이 번져갔다.

"그래요. 그 화씨세가예요. 그 여인은 화운성 대협의 딸이에요."

"그 여인이 어떻게 그곳에 있단 말이냐?"

"화씨세가가 왜 그들과 동조하고 있는지는 아버지께 물어보면 아실 거예요."

단목진희는 차가운 음성으로 답하고는 입을 다물었다.

"그건……."

무언가 짚이는 것이 있는지 조화민은 더 이상 질문을 하지 못했다. 대신 딸을 다시 와락 끌어안았다.

"어쨌든 천만다행이다. 이제는 아무 곳에도 가지 말고 이곳에 있거라. 그동안 얼마나…… 흑!"

철봉황으로 이름난 조화민이었지만 자식 앞에서는 여느 부모와 조금도 다름없는 모습을 보였다.

"어서 아버지께 인사를 드리거라. 기다리고 계실 것이다."

눈물을 닦은 조화민이 단목진희를 채근했다.

"좀 씻고 나서 뵐게요."

단목진희는 강한 거부의 몸짓과 함께 말했다.

"그, 그러겠느냐? 그럼 어서 씻고 뵙도록 하거라. 기다리고 있으마."

조화민은 고개를 끄덕이며 연민 가득한 눈으로 단목진희를 내보냈다.

"돌아왔습니다."

조화민과 함께 단목상군 앞에 선 단목진희는 고개를 숙이며 인사를 했다.

"왜 이제 왔느냐?"

단목상군이 가라앉은 음성으로 물었다. 눈빛 역시 조금도 감정이 실리지 않아 속마음을 짐작하기 힘들었다.

"그동안 피치 못할 사정이 있었습니다."

단목진희 역시 아무런 감정이 담기지 않은 음성으로 답했다.

"내 말은… 어제 저녁에 성에 도착했다고 들었다."

단목상군의 음성이 조금 엄해졌다.

그의 말대로 어제 저녁에 성에 도착한 단목진희는 조화민의 재촉에도 불구하고 곧바로 아버지를 뵈러 오지 않고 하룻밤을 지난 오늘 아침에 온 것이다.

"아버님의 심기가 무척 불편하다고 들었습니다."

단목진희가 여전히 무감동한 음성으로 답했다.

"음……."

단목상군은 한숨을 한번 쉬고는 말을 이었다.

"알았으니 가서 쉬어라. 그리고 다시는 경거망동하지 말고 조신하게 성내에서만 지내도록 하거라."

단목상군은 억지로 표정을 풀며 손을 흔들었다.

단목진희는 아무런 말도 없이 고개만 숙인 후 부친의 처소에서 물러났다.

"당신 대체 왜 그러시는 건가요? 진희가 살아 돌아온 것이 조금도 기쁘지 않은 표정이군요. 당신의 그 냉정한 성격 때문에 상처를 입고도 바로 집으로 오지 못하고 밖으로 나돌다 이제 겨우 돌아왔건만."

둘만 있게 되자 조화민이 울부짖듯 말했다.

"살아왔으니 된 것이오. 더 이상 무얼 바란단 말이오."

단목상군이 찌푸린 얼굴로 답했다.

"사지에서 구사일생으로 살아 돌아왔으면 따뜻한 말 한마디라도 해야 할 것 아닌가요? 그게 부모가 아닌가요?"

조화민의 목소리가 높아졌다.

"아버지 얼굴에 먹칠을 한 자식……. 그만합시다. 지금은 그런 것에 신경 쓸 겨를이 없소."

단목상군은 강한 어조로 말하고는 서재로 들어갔다.

"무심한 양반. 모자라도 내 자식, 병신이라도 내 자식이거늘… 흑!"

조화민의 작은 울음소리만이 실내를 울렸다.

'흑!

문밖에서 조화민의 흐느낌 소리를 들으며 단목진희는 울음을 삼켰다.

'당신은 끝까지 가족의 안위보다는 자신의 헛된 야망을 더 중요하게 생각하는군요.'

입술을 세차게 깨문 단목진희는 걸음을 옮겼다.

*　　　　*　　　　*

"셋째 딸이 뇌옥으로 들어간다고?"

외밀원주 요화극이 고개를 들며 부하를 쳐다보았다.

"그렇습니다. 뇌옥에 있는 위건화 공자를 만나겠다고 뇌옥주에게 기별을 띄웠답니다."

복면사내가 고개를 숙이며 답했다.

아침에 부친을 만나고 온 단목진희는 위건화가 뇌옥에 있다는 말을 들었는지 뇌옥으로 위건화를 만나러 간다는 보고였다.

그동안 파황문의 인질로 지낸 단목진희였기에 요화극은 그녀가 성으로 들어오는 순간부터 그녀의 행동을 예의주시하며 은밀하게 감시를 붙이고 있었다. 물론 뇌옥의 지하 팔층에 들어간 위건화에게도 감시를 붙여놓았다. 그러나 그곳은 워낙 음습한 곳이라 제대로 된 보고가 올라오지 않았다. 옥졸들마저도 그곳은 식사를 배급할 때만 잠시 들어가서 최대한 빨리 나오려고 노력하는 곳이기에 밀착감시를 한다는 것은 불가능했다.

결국 요화극은 죄수를 가장하여 부하 한 명을 그곳으로 밀어 넣었는데 죽었는지 살았는지 아직 아무 소식이 없었다. 그런 차에 단목진희의 뇌옥행은 신경을 자극했다.

그녀가 오늘 위건화를 만나러 뇌옥으로 들어가겠다는 행동은 어찌 보면 당연하다 할 수 있었다. 오랜 정인 관계였던 위건화였고, 같이 조양방 붕괴 작전에 나갔다가 암중인에게 당해 헤어졌으니 당장 만나고 싶어하는 마음은 이해가 되었다.

그런데…….

조양방 붕괴 작전의 실패에 대해 철저하게 파헤친 바에 의하면 단목진희는 위건화와 교룡각 다섯 째 단주 화설금의 부적절한 관계를 알았다고 했다. 물론 그것은 암중인이었던 그놈의 계략에 의해서지만 그건 엄연한 사실이었고, 그렇다면 만정이 떨어졌을 것이다.

'그런데도 성에 들어온 지 하루도 지나지 않아 위건화를 만나러 뇌옥에까지 들어간다고?'

요화극의 뇌리에 경종이 울려댔다.

"동행하는 사람은?"

"뇌옥주가 두 명의 호위를 동행하여 들어간다고 합니다."

"그건 안 될 말이지. 그곳이 얼마나 흉악한 곳인데……. 뇌옥주에게 연락하여 우리 쪽에서 차출한 호위를 데리고 들어가라 해라."

요화극은 신속히 명령서를 작성하여 복면사내에게 주었다.

*   *   *

철컹!

육중한 철문이 비명을 지르며 열렸다.

지하 팔층으로 들어가는 문이었다.

문이 열리자 음습하고도 역겨운 냄새들이 훅 하고 풍겨져 나왔다.

바깥 날씨는 쌀쌀한 바람이 불어오는 늦가을이었지만 안은 후끈한 열기가 온몸을 감쌌다.

"불러내서 만나셔도 되는데 굳이 이곳까지……."

뇌옥주 오왕염(吳王炎)은 지독한 냄새가 단목진희에게 달려드는 것이 죄스럽다는 듯 연신 혀를 찼다. 그러나 단목진희는 지하 팔층까지 내려오며 단 한마디도 하지 않았고 한 번도 인상을 쓰지 않았다.

'쇠는 두드릴수록 단단해진다더니… 역경 속에서 상상도 못할 정도로 변했군.'

오왕염은 속으로 감탄사를 터뜨렸다.

예전의 단목진희라면 이곳까지 내려오는 것은 상상도 못할 일이었다. 만에 하나 내려올 일이 있어 내려왔다면 지독한 냄새와 음습한 공기에 수십 번도 더 비명을 질렀을 것이다.

"이곳에서 기다리시면 위 공자를 데려오겠습니다."

오왕염이 개별감옥이 시작되는 곳에서 고개를 숙이며 말했다.

"아니에요. 그곳까지 직접 가겠어요."

단목진희는 낮게 가라앉은 목소리로 말했다.

"아가씨! 그것은……."

오왕염이 난색을 표했다.

이곳에서도 냄새가 지독하고 음습한데 개별감옥까지 간다면 그건 질식할 지경일 것이다. 그러나 그것보다 더 위험한 것은 그곳에 수감된 죄수들이다.

지하 팔층은 가장 극악한 죄수들만 모인 곳이다. 물론 수감하기 전에 단전을 파괴하고 단근참맥을 했기에 폐인들이나 마찬가지지만 워낙 악독한 놈들이었기에 어떤 수단을 부려놓았는지 모른다.

"문을 여세요!"

단목진희는 단호하게 지시를 내렸다.

"알겠습니다."

얼음장 같이 싸늘한 단목진희의 목소리에 오왕염은 더 이상 제지하지 못하고 문을 열게 했다.

"이곳입니다!"

팔층을 담당하는 옥졸이 위건화가 수감된, 아니, 스스로 들어간 개별감옥 앞에서 멈추었다.

감옥은 쥐 죽은 듯이 고요했다.

썩는 듯한 냄새는 풍겨 나왔지만 이상하게도 인기척이 없었다.

"위 사형!"

단목진희가 개별감옥 앞에서 위건화를 불렀다.

"불을 더 켜라!"

오왕염이 뒤따라온 호위들에게 지시를 내리자 몇 개의 횃불이 더 당겨졌고 감옥 안의 정경이 눈에 들어왔다.

"사형!"

위건화를 발견한 단목진희가 고함을 질렀다.

위건화는 단정하게 앉아 운기를 하고 있었다. 그리고 다른 수감자들은 쓰러지듯 누워 있었다.

"사매?"

위건화가 눈을 떴다.

"그래요! 저예요."

단목진희가 창살 앞으로 다가갔다.

"위험합니다!"

호위 하나가 급히 단목진희를 끌어당겼다.

"감히!"

단목진희가 서릿발 같은 눈으로 요화극이 보낸 호위를 쳐다보았다.

"죄송합니다."

호위가 고개를 숙였다.

단목진희는 창살을 잡고 위건화를 다시 불렀다.

위건화가 천천히 다가와 단목진희의 손을 잡았다.

"여긴 어쩐 일이냐?"

위건화가 무감동한 음성으로 물었다.

"전할 말이 있어서 왔어요."

"전할 말?"

위건화의 눈이 반짝하고 빛을 토했다.

"장홍관일(長虹貫日)이라는 말을 전하라고 했어요."

"장홍… 관일?"

"장홍관일……?"

뇌옥주 오왕염과 요화극이 보낸 호위 곽진동(郭晉棟)이 동시에 되뇌었다.

긴 무지개가 태양을 꿰뚫는다는 말이었다.

뜻이야 어려운 것이 아니지만 그 말이 이 순간에 튀어나온 이유가 뭐란 말인가?

단목진희를 뚫어져라 쳐다보던 곽진동은 급히 시선을 돌려 위건화를 쳐다보았다.

'엇!'

곽진동이 경호성을 삼켰다.

장홍관일이란 단어를 듣자마자 멀쩡하던 위건화의 눈에서 붉은 빛이 감돌기 시작하더니 실내를 훤히 밝힐 만큼 폭사되기 시작했다.

"운기를 하세요."

단목진희의 지시에 위건화는 자석에라도 이끌린 듯 감옥 구석으로 가서 가부좌를 틀고 운기를 하기 시작했다.

"대체 무슨 일입니까, 아가씨?"

곽진동이 다급하게 물었다.

"난 사형의 단전에 엉킨 금제를 풀어주려고 했을 뿐이에요."

단목진희가 곽진동을 쳐다보며 말했다.

"금제라니? 그럼 암중인이 시켰단 말입니까?"

"그래요. 그자가 위 사형의 단전에 금제를 걸었어요. 그걸 제가 풀어줬을 뿐이에요."

"그, 그건……."

곽진동이 그건 놈과 내통하는 것이 아니냐는 말을 입속으로 삼켰다.

"만약 놈이 무슨 암계를 부린 것이라면……?"

곽진동이 각오한 듯 단목진희를 쳐다보며 물었다.

"상관없어요. 이곳에서 짐승처럼 사는 것보다는 낫겠지요."

"아가씨! 그건 이적행위입니다."

"닥쳐요!"

단목진희의 고함이 감옥 안을 울렸다.

서릿발 같은 기운이 어린 단목진희의 고함에 곽진동과 오왕염은 입을 다물었다.

호부에 견자 없다는 말처럼 딸이긴 하지만 피는 속일 수 없다는 생각이 들었다.

"그리고……."

잠시 호흡을 가다듬은 단목진희는 곽진동을 정시했다.

"이걸 요화극 원주에게 전해주세요."

단목진희는 품속에서 손바닥만 한 목갑 하나를 꺼내 곽진동에게 건넸다.

곽진동은 단목진희가 자신을 요화극의 사람임을 단박에 알아내는 것에 깜짝 놀랐지만 자신도 모르게 손을 내밀었다.

"이것이 무엇니까?"

곽진동이 의구심 가득한 눈으로 물었다.

단목진희의 눈이 잠시 먼 곳으로 향했다.

"이것이 무언가요?"

"그건 그대가 알 것 없다. 그대는 내가 시킨 대로 요화극의 치명적인 약점에 관한 것이라고만 하면 된다."

"정말 그의 약점을 알고 있나요?"

"한 번도 만나보지 못한 놈인데 내가 그걸 어찌 알겠나."

"그런데?"

"그렇게만 전하면 된다. 자신의 약점을 절대로 드러내지 않는 놈일수록 약점이란 말에는 목을 달아매니까."

"알겠… 어요. 그것만 하면 되나요?"

"그래. 그것으로 그대의 임무는 끝이다."

"그럼 다시 약속해 주세요. 어떤 일이 있어도 제 가족에게는 위해를 가하지 않겠다고."

"네 아버지는 장담하지 못한다. 대결이 벌어지면 둘 중 하나는 죽을 테니까."

"다른 가족은 절대로 안 해친다고 약속해 주세요."

"그러지."

"당신뿐만 아니라 저 사람도 약속하게 해주세요. 천마가 되면 당신 못지않게 저 사람도 위험할 테니까요."

"그건… 내 소관이 아니다."

"그럼 전 아무것도 할 수 없어요. 이 자리에서 죽이세요."

"약속해 주게."

"못하네! 땅속에 묻힌 내 동도들의 제사상에 단목상군과 그 가족들의 목을 바쳐야 그들이 영면에 들 것이네. 절대로 못해."

"그럼 더 이상 탁본의 해독은 불가능하겠군. 아직 반 이상 남았지?"

"이 악마 같은 새끼! 죽여 버릴 테다!"

"천마라면 개인보다는 전체를 먼저 생각해야 하네. 그런 자제심도 발휘하지 못하는 천마라면 마도를 이끌 자격이 없다고 생각하네. 이끌더라도 함정이나 천 길 낭떠러지로 이끌 테고."

"마귀 같은 놈!"

"새삼스럽게……."

"그래…… 약속하지. 그 더러운 핏줄의 모가지 몇 개보다는 내 동도들의 염원이 수천 배는 더 중하니까."

"자넨 정말 훌륭한 천마가 될 걸세."

"지랄!"

"천마도 약속했으니 이젠 그대는 그대 집으로 가서 약속을 지켜라."

"지금 가겠어요."

"좋을 대로."

"당신이란 사람 정말……."

"아직 할 말이 남았나?"

"아니… 에요. 가겠어요."

"이것은 외밀원주님의 치명적인 약점에 관한 것이에요. 원주님이 즉시 조치를 취하지 않으면 아버님께 직접 보고될지 몰라요."

단목진희는 마지막 임무를 수행했다.

"아, 아가씨… 대체?"

곽진동은 당혹감 가득한 표정과 함께 단목진희가 내민 목각을 받아 들었다.

"당장 가지 않으면 당신 주인은 나락으로 떨어질 거예요. 나역시 그건 바라지 않아요."

"하지만……."

곽진동은 갈피를 잡을 수 없었다, 자신이 이것을 외밀원주에게 전하는 것이 암계에 걸려드는 것인지, 아니면 전하지 않아 외밀원주가 나락으로 떨어지는 것이 암계인지.

"당신이 복잡하게 머리 굴릴 것 없어요. 암계라면 외밀원주가 알아서 처리할 거예요. 충분히 그런 능력이 있는 사람이니까요."

단목진희는 단호하게 말했다.

어지럽게 움직이던 곽진동의 눈동자가 제자리로 돌아왔다. 단목진희의 말대로 자신의 주군 요화극이라면 그런 암계 따위는 코웃음과 함께 무위로 돌릴 것이다.

"알겠습니다!"

곽진동이 고개를 숙인 후 급히 달려나갔다.

"후읍―"

곽진동이 감옥을 빠져나간 후 운기를 하던 위건화가 긴 한숨과 함께 천천히 일어섰다.

"사형, 단전이 복구되었나요?"

단목진희가 들뜬 목소리로 물었다.

"아직……. 하지만 막힌 혈이 뚫리고 있어. 얼마 지나면 완

내란(內亂) 231

전히 회복될 것 같아."

위건화는 묵묵히 고개를 끄덕이며 답했다.

"잘됐군요. 그럼 이제 제가 할 일은 다 한 것 같아요."

단목진희는 잠시 갈등하는 표정을 짓다가 다시 입을 열었다.

"계란을 몇 개 삶았어요. 먹는 것도 부실할 테니 나눠 먹지 말고 사형 혼자 드세요."

단목진희는 작은 보따리 하나를 위건화에게 건넸다.

보따리 속에는 그녀의 말대로 삶은 계란이 여러 개 들어 있었다.

"확인을 해야 합니다. 그건 성주님께서 정한 규칙입니다."

오왕염이 즉시 나섰다.

단목진희가 매섭게 눈을 뜨다가 보따리 속에서 계란 하나를 꺼내 오왕염에게 주었다.

오왕염이 계란을 벽에 두드리자 껍질이 깨지고 그 안에서 삶은 계란 특유의 냄새와 함께 잘 삶긴 계란이 모습을 드러냈다.

"부디 행복하세요. 사형!"

삶은 계란을 전한 단목진희는 쓸쓸한 표정으로 인사를 했다.

"사매도……."

위건화 역시 영원한 작별인사를 하듯이 낮게 가라앉은 음성으로 인사를 했다.

철컹!

단목진희가 나가고 육중한 철창문이 닫히는 소리가 들렸다.

위건화는 한참 동안 창살 앞에 우두커니 서서 밖을 쳐다보고 있다가 천천히 등을 돌렸다.

감옥 곳곳에 죽은 듯이 널브러져 있던 인영들이 하나둘씩 일어서며 바깥의 동정을 살폈다.

그들은 사람들이 자신들을 쳐다볼 때와는 천양지차의 모습이 되어 눈을 반짝거렸다.

맹수들처럼 빛나며 살아 있는 눈!

그러나 그들의 몰골은 피골이 상접할 정도로 깡말랐다.

전혀 양이 늘지 않는 똑같은 배식이었지만 노동량은 몇 배로 늘었기 때문이다.

"한 시진 안에 통로를 완성한다. 그렇게 전해라."

"그러면 모두 죽습니다."

누군가 다급한 목소리로 답했다.

"내가 시키는 대로만 하면 충분히 가능하다. 모두 일렬로 앞사람의 등을 보고 앉아라!"

위건화의 눈에서 귀기 어린 안광이 폭사되었다.

"으으……."

위건화의 안광을 대한 죄수들이 신음성을 흘리며 일렬로 앉았다.

"앞사람의 등에 손을 대라!"

명령을 내린 위건화는 제일 뒤에 있는 죄수의 뒤에 앉아 손바닥을 그의 등에 밀착시켰다.

"구결을 운기하라!"

명령과 함께 위건화의 손바닥에서 온몸을 태울 듯한 기운이 쏟아졌다.

순간적으로 혈맥을 배로 넓히고 넓어진 혈맥으로 진기를 폭주시키는 심공이었다.

"크으으!"

위건화가 전해주는 기운을 받아들인 죄수들의 눈에서 폭광이 터져 나왔다. 또한 그들의 근육이 두 배로 부풀어 올랐다.

"최대한 빨리 통로를 완성한다!"

"존명!"

감옥 안의 모든 사람들이 함성을 지르듯 답하며 감옥 한쪽에 마련된 통로 속으로 사라졌다.

"크윽!"

죄수들이 모두 땅굴 속으로 들어가고 난 후 위건화는 폭포수 같은 피를 토하며 그 자리에 쓰러졌다.

第九十五章

여우사냥

장흥관일

"치명적인 약점에 관한 것이라고?"

부하 곽진동으로부터 목갑을 건네받은 요화극은 눈을 빛내며 물었다.

"그렇습니다. 원주님이 적절한 조치를 취하지 않으면 또 다른 목갑이 성주님에게 바로 전해질 수도 있다고 했습니다."

곽진동의 부연 설명에 요화극은 헛웃음을 터뜨리며 어이없는 표정을 지었다.

파황문에 인질로 잡혀 있던 단목진희에 대한 우려감 가득한 의심!

그것은 자로 잰 듯 정확히 들어맞았다.

그러기에 너무나 뻔하다는 느낌이 들었다. 이건 숫제 장난을 치자는 것이나 마찬가지였다.

"푸하하하!"

요화극은 마침내 광소를 터뜨렸다.

여인인지 사내인지 모를 이상한 음조의 웃음이었지만 태어나서 가장 통쾌하게 터뜨리는 웃음인 것 같았다.

"한 번 놀아보잔 말이지?"

요화극의 입꼬리가 기이하게 치켜 올라갔다.

"이게 무얼 것 같나?"

요화극은 곽진동에게 질문을 던졌다.

"글쎄요……. 혹시 독이나 독침 같은 것은 아닐까요?"

곽진동이 고개를 갸웃거리며 답했다.

"그건 너무 단순하군. 놈은 그렇게 단순한 인간이 아니야. 그동안 놈이 부린 수작을 보면 보통 간교한 것이 아니야. 그렇게 단순하게 나올 리가 없어."

"그럼 정말 원주님의 약점을 그놈이……."

곽진동은 요화극의 눈치를 살피며 말했다.

"내 약점이라…… 대체 그게 무얼까?"

요화극의 눈이 가늘어졌다.

이건 놈의 어설픈 수작이 분명하다고 생각했지만 한 가닥 궁금증이 일었다.

자신에게 있어 약점이란 딱 한 가지밖에 없었다. 그러나 그것은 성주도 모르는, 자신과 아내밖에 모르는 비밀이었다.

'놈이 그것을 알아냈다고?'

요화극은 고개를 저었다.

치졸한 술수에 불과했다. 하지만 한 가닥 미련을 남기게 만드는 데는 성공했다. 그런 면에서 본다면 놈은 보통 여우가 아니었다.

언젠가 한번 대면한 상태에서 정식으로 대결을 벌여보고 싶은 놈이었다.

"차라리 그냥 어디 파묻어 버리거나 태워 버리는 것이 어떨까요?"

곽진동이 찌푸린 인상으로 목갑을 쳐다보며 말했다.

"자존심의 문제이지. 아주 복잡하고 정교한 두뇌싸움을 하는 사람들에게 그런 자존심 싸움은 고수들의 비무만큼 중요하지. 한 번 자존심이 뭉개지게 되면 심리적 타격으로 인해 앞으로 그 어떤 계획도 자신있게 세울 수가 없지. 놈은 그걸 알고 이런 일을 벌인 것이야."

"그냥 내다 버리고 묵살하시면……."

"글쎄… 그것도 한 가지 방법이지. 하지만 놈의 수준이 어느 정도인지 한번 보고 싶기는 하군."

요화극의 말에 곽진동이 입맛을 다셨다. 아무짝에도 쓸데없는 자존심으로 인해 큰 낭패를 당할 수도 있는 것이다.

"한 번 열어보게. 최대한 조심스럽게."

요화극의 지시에 곽진동의 눈이 두 배로 커졌다.

만약에 독이나 암기, 화탄이 들어 있다면 자신은 즉사를 면치 못하는 것이다.

"워, 원주님!"

곽진동이 신음을 흘렸다.

"놈은 내가 궁금증을 이기지 못할 것이라는 가정하에 장난을 쳐 놓았을 것이다. 하지만 곧바로 무슨 암기가 튀어나오지는 않을 것이야. 놈은 내가 열지 않고 누구를 시켜서 열게 한다는 것까지 염두에 두고 있을 테니까 말이다. 그러니 처음부터 걱정할 필요는 없다. 놈의 목표는 나지 자네가 아니니까."

"하지만……."

"정 걱정이 되거든 탁자 아래로 몸을 숨기고 호흡을 멈춘 채이 젓가락으로 열게."

요화극은 긴 대나무 젓가락을 곽진동에게 던졌다. 그러면서도 그는 만일의 사태에 대비하는지 최대한 목갑에서 멀리 떨어져서 두꺼운 흑단목 차탁을 세우고 그 뒤로 몸을 숨겼다.

"그럼… 지금 열겠습니다."

곽진동은 덜덜 떨리는 손으로 목갑을 열었다.

"어엇!"

곽진동이 짤막한 경호성을 토하며 뒤로 물러났다.

팔랑—

한 장의 종이가 목갑에서 튀어 올라 허공에 날렸다.

"휴—"

곽진동이 긴 한숨을 내쉬었다.

요화극의 말대로 암기 같은 것은 튀어나오지 않고 쪽지만 튀어나왔다. 그리고 목갑 안에는 또 다른 목갑이 들어 있었다.

"읽어보게."

요화극이 허공에서 떨어져 내리는 쪽지를 보며 말했다.

"병, 육, 신, 갑… 이라고 적혀 있는데… 무슨 뜻인지는 도저히."

곽진동이 조심스럽게 답했다.

"생각보다 유치한 놈이군."

요화극이 긴장을 풀며 혀를 찼다.

"무슨 뜻인지?"

"한 글자씩만 뛰어넘어 읽어보아라."

"병… 신… 육… 갑? 이 망할 놈이!"

곽진동은 당장 패대기라도 칠 듯이 목갑을 노려보았다.

"처음부터 흉계는 없을 것이라 하지 않았느냐."

요화극은 혀를 찼다.

"안에 든 목갑은 뚜껑에도 작은 글씨로 뭐라고 적혀 있습니다."

"읽어보아라."

곽진동이 눈을 가늘게 떴다. 글자가 너무 작았기 때문이다.

"절대로… 열지 말았어야… 했다."

콰앙─

고막을 터뜨릴 듯한 굉음과 함께 태양보다 더 강렬한 은빛 섬광 같이 터져 나갔다.

곽진동의 몸이 그 자리에서 얼어붙었다.

그만한 폭음과 섬광이라면 몸이 걸레조각이 되어 날아가야 하지만 곽진동의 몸은 멀쩡했다. 대신 그의 고막과 눈에서 피가 흘렀다.

지금 터진 폭탄은 일반적인 화탄과는 달리 폭음과 섬광이 주된 효력이었다.

그것은 얼마 전 무영이 벽씨세가에 두 달의 시간을 연장해 주며 특별히 주문한 폭탄이었다.

"큭!"

요화극이 짤막한 비명을 터뜨렸다.

폭음이 들리는 순간 파편에 대비해 탁자 뒤로 숨고 중독에도 대비해 호흡을 멈추었지만 폭음보다 먼저 터진 은빛 섬광 몇 가닥은 고스란히 망막 속으로 꽂혀들었다.

망막이 불에 탄 듯 뜨끔거렸다. 그리고는 아무것도 보이지 않았다.

"크으윽!"

통탄의 비명과 함께 요화극은 차단벽 한쪽의 줄을 잡아당겼다.

덜컹!

바닥이 꺼지며 요화극의 몸이 비밀통로 속으로 빠져들었다.

같은 시각.

쾅!

굉음과 함께 땅이 진동했다.

갑작스런 사태에 모든 사람들이 멍하니 서서 폭발음이 들린

곳으로 고개를 돌린 채 쳐다만 보았다.

쾅!

다시 폭음이 울리며 땅이 진동했다.

"대체 어디서 들리는 폭음이냐?"

부하들과 함께 성내를 순찰하던 무황성 백호각주 강이산(姜里傘)이 검을 빼 들고 달려오며 고함을 질렀다.

"북림 쪽입니다."

누군가 대답을 했다.

"북림? 그곳이라면?"

강이산의 눈이 가늘게 찢어졌다.

"뇌옥이다. 모두 뇌옥 앞으로 집결하라."

강이산은 급박한 고함과 함께 뇌옥이 있는 북림 쪽으로 몸을 날렸다.

* * *

"이, 이런 여우같은 놈!"

자신만의 밀실에 당도한 요화극은 이를 갈며 미칠 듯이 분노했다.

고막이 터졌는지 아무 소리도 들리지 않았다. 아니, 벌떼가 날아다니는 소리가 온 천지에 진동을 했다. 더 나아가 벌떼들이 귓속으로 들어와 수없이 쏘아대는 느낌이었다.

그러나 그것은 참을 수 있었다.

망막에 바늘이 찔러오는 듯한 극심한 통증!

그리고 온 사방이 암흑천지로 변해 버렸다.

"크으윽!"

요화극은 쥐어짜는 듯한 비명과 함께 벽을 더듬으며 신형을 이동시켰다.

익숙한 서랍이 손에 잡혔다.

그 안에 든 자기그릇의 뚜껑을 열었다.

정신을 맑게 하는 냄새가 풍겨 나왔다.

시력과 청각과는 달리 후각은 마비되지 않은 것 같았다. 그러나 지금 상황에서 후각의 건재는 별 소용이 없었다. 제일 중요한 것은 시각과 청각이었다.

요화극은 자기그릇에 든 단약을 입에 넣었다.

미각도 손상되지 않았는지 맛이 느껴졌다.

한없이 시원한 느낌이 목을 타고 넘어갔다.

자기그릇 안에 든 단약은 속명단으로 절체절명의 위기 시 육체적 능력을 순간적으로 증폭시켜 주는 것이다.

속명단의 기운이 온몸으로 퍼져 나갔다.

요화극은 즉시 가부좌를 틀고 운기를 시작했다.

바늘로 찌르는 듯한 눈과 귀의 고통이 조금 사라졌다. 그러나 여전히 아무것도 보이지 않았고 아무것도 들리지 않았다.

미칠 것 같은 분노가 온몸을 엄습해 왔다.

그런 치졸한 수법에 당하다니?

정말 어이가 없었다.

정교한 두뇌를 가진 사람들끼리의 자존심 대결?

개뿔!

곽진동의 말마따나 처음부터 무시하고 땅에 파묻거나 불에 태워 버려야 했다. 그랬으면 조금 자존심이 상하기는 하겠지만 이런 바보같은 결과는 맞이하지 않았을 것이다.

자존심이 상한다고 해서 죽지 않는다. 그러나 눈이 안 보이고 귀가 안 들리면 죽을 수도 있다. 아니, 영원히 안 보이고 안 들린다면 자신은 죽고 말 것이다.

장님에 귀머거리로 살 바에야 죽는 것이 백배 낫다.

"흐흡—"

요화극은 심호흡과 함께 전신을 태울 듯한 분노를 가라앉혔다.

분노에 사로잡혀 발광을 하면 속명단도 효력을 발휘하지 못하고 오히려 주화입마로 치달을 것이다.

시력과 청각을 잃은 상태에서도 요화극은 뱀처럼 냉정하게 머리를 회전시켰다.

시간이 조금 더 지나자 눈과 귀의 고통은 완전히 멎었다. 그러나 잃어버린 기능은 언제 돌아올지 알 수가 없다.

곽진동처럼 바로 앞에서 당하지 않았으니 얼마 지나면 돌아올 가능성이 높았다.

하지만!

지금부터 그 얼마라는 시간이 가장 중요하다는 데 문제가 있었다.

사면초가가 되어가는 상황에서 그 어떤 때보다 빨리 움직여 활로를 찾아야 하는데 병신이 되어버렸다.

이런 꼴로 밖으로 나갔다간 성주의 일장을 맞아 죽거나 정적들의 암습을 받아 죽을 것이다.

그렇다고 언제까지 이렇게 밀실에서 죽어지낼 수는 없다.

'얼마 만에 시력이 돌아올까?'

우선 시력이라도 돌아오면 청각의 손상은 감출 수가 있다.

부하들을 통해 글로 의사를 전달받으면 된다.

문제는 그동안 아무 일도 일어나지 않아야 한다.

만약 그동안 무슨 일이 벌어져 자신이 빠져서는 안 되는 상황이 발생한다면 그야말로 풍비박산이 되는 것이다.

'그때까지 아무 일이 일어나지 않아야 하는데……'

요화극은 기도를 하는 심정으로 운기조식에 매달렸다.

*   *   *

"저놈들은?"

경공을 펼치던 백호각주 강이산은 급히 바닥으로 내려서며 눈을 크게 떴다.

북림의 숲 속에서 거의 해골이나 다름없는 인간들이 비틀거리며 질주해 나오고 있었다.

몰골을 보아하니 뇌옥에 수감되었던 죄수들이 틀림없었다.

"뇌옥이 파괴되다니……"

강이산은 신음을 삼켰다.

무황성 건립 이후 초유의 사태였다.

단근참맥을 당한 죄수들이 암반을 뚫고 지어진 뇌옥에 구멍을 냈단 말인가?

대체 그런 일이 가능하다는 말인가?

콰앙—

다시 폭발음이 들렸다.

단순한 화탄이 아닌, 진천뢰는 되어야 터뜨릴 수 있는 폭음이었다.

강이산의 눈이 가늘어졌다.

화탄으로 뇌옥 벽을 무너뜨린다면 가능한 것이다.

"대체 어떤 놈이?"

강이산은 사방을 두리번거렸다.

뇌옥에서 화탄이 터진다는 것은 분명 외부인의 소행이다. 그러나 감히 누가 이런 짓을 할 수 있단 말인가.

그러는 사이 뇌옥을 탈출한 인간들이 미친 듯이 다가들었다.

강이산은 뒤따라온 부하들을 일렬로 세우며 검을 뽑아 들었다.

"모두 죽여라!"

비틀거리며 뛰어오는 죄수들이 악에 받친 고함을 질렀다. 짧게는 수년, 길게는 수십 년 동안 갇혀 있던 그들의 무황성에 대한 원한은 골수에 사무쳐 자신들이 처한 상황도 모르고 달려들었다.

"가만 놓아두어도 스스로 허물어질 허깨비 같은 것들이!"

강이산은 코웃음을 치며 검을 휘둘렀다.

"크악!"

"캐액!"

단 한 번의 검격에 다섯 명의 죄수들이 바닥에 쓰러졌다. 그리고 쓰러진 그들에 걸려 몇 명이 더 쓰러졌다. 그야말로 제대로 서 있을 힘도 없는 허깨비들이었다.

"모조리 도륙하여 탈주자의 최후가 어떤 것인지 보여주어라!"

강이산이 고함을 치자 옆에 서 있던 부하들이 앞으로 치고 나가기 시작했다.

그야말로 추풍낙엽이었다.

검을 휘두를 필요도 없이 손바닥으로 슬쩍 쳐도 쓰러져 버렸다. 그런 인간들이 야차처럼 달려오는 모습은 어이가 없었다.

"진짜는 지금부터다!"

갑자기 뒤에서 큰 고함 소리가 들리며 무언가 날아왔다.

콰앙!

폭음과 함께 불길이 치솟으며 탈옥자들을 베어 넘기던 백호각 무사 세 명이 걸레조각처럼 허공으로 치솟았다.

쾅!

다시 화탄이 터졌다.

"피하라!"

누군가 고함을 질렀지만 백호각 무사 두 사람이 피떡이 된 채 날아갔다.

"당신들은?"

백호각주 강이산은 두 눈을 부릅떴다.

화탄을 던지며 달려온 사람들의 선두에는 얼마 전 반란을 일으키다 모조리 뇌옥에 갇힌 장로들이었다.

대장로 상운학은 효수되었지만 나머지 장로들은 무공을 폐하고 단전이 파괴된 채 지하 팔층에 갇혔다.

그런데 그들이 뇌옥을 탈출하여 자신 앞에 서 있는 것이다.

"당신들이 주범이오?"

강이산의 눈에 당혹감이 어렸다.

장로들 전원이 반란을 일으키는 상황에서 그들을 뇌옥에 가두는 것은 어쩔 수 없는 일이었다. 그러나 무황성의 기둥이 되어줄 장로들이 모두 사라졌다는 것은 큰 위기감을 느끼게 했는데 결국 이런 일이 벌어진 것이다.

"주범은 우리가 아닐세. 하지만 주된 역할은 우리가 해볼 생각이네."

다섯 번째 장로였던 낙일산장 풍신호가 차가운 눈빛으로 강이산을 쳐다보며 말했다.

"끝까지 반역을 할 생각이오?"

강이산도 지지 않고 풍신호를 노려보았다.

"한 번 반역자는 끝까지 반역자가 아니던가? 그리고 뇌옥의 지하 팔층보다는 저승이 더 낫다네. 자네는 우리에게 더 나은 선택이 있다고 보는가?"

강이산이 얼른 대답을 하지 못했다.

풍신호의 말대로 지하 팔층보다는 차라리 죽는 것이 나았다.

"당신들은 무공이 폐지되었소. 하지만 끝까지 뜻을 굽히지 않는다면 모조리 베겠소."

"그렇지. 자비로운 성주께서 무공만 폐지하고 목숨은 붙여 두었지. 그 자비로운 처사에 보답하고자 우리는 한 가지 심공만 죽자고 익혔지. 역천의 그 심공을 익히는 대가로 생명이 거의 다 소진되었지만 뭐 어떤가? 어차피 죽은 목숨이 아니었던가?"

일장로였던 조강한이 흐릿한 미소와 함께 답했다.

'역천의 한 가지 심공?'

강이산은 불길한 예감을 느끼며 눈살을 찌푸렸다.

그들의 몸 상태로는 다시는 무공을 익힐 수 없다.

그러나!

그것이 정상적인 무공이 아니라 어떤 사악한 마공이라면?

그런 역천의 무공이라면 가능할지도 몰랐다. 물론 그런 무공을 익히면 큰 대가가 따르겠지만 더 잃을 것이 없는 그들은 어떤 대가도 마다하지 않을 것이다.

"궁금한가?"

이장로 임차목이 나서며 물었다.

"물러서시오. 모조리 베겠소."

강이산의 옆에 있던 무사 하나가 급히 앞으로 나서며 말했다.

"내가 먼저 가서 자리 잡고 있겠소."

임차목이 다른 장로들을 바라보며 빙긋 웃었다.

아무런 감정이 실리지 않은 텅 빈 웃음이었다.

"잘 알겠소. 우리도 오늘 안으로 따라가겠소."

오장로 풍신호가 고개를 끄덕이며 답했다. 다른 장로들도 가벼운 고갯짓과 함께 임차목을 바라보았다.

여러 장로들과 인사를 나눈 임차목이 천천히 걸어나왔다.

"정말 베어버릴 것이오."

강이산이 살기 가득한 고함과 함께 검을 앞으로 내밀었다.

"내가 자네 검이 미치는 곳까지 갈 테니 그렇게 하게."

임차목은 조금도 멈칫거리지 않고 강이산을 향해 다가갔다. 뒤를 따라 몇 명의 죄수들도 이글거리는 눈빛으로 터벅터벅 걸어왔다.

너무나 태연한 그들의 태도에 오히려 강이산과 그 부하들이 주춤 한 걸음 뒤로 물러섰다.

"자꾸 거리를 두면 어떻게 날 베겠나. 그러지 말게."

임차목이 갑자기 앞으로 몸을 날렸다.

"베어라!"

강이산이 고함을 질렀다.

콰아앙―

강이산과 부하들이 검을 휘두르려는 찰나 큰 폭발음과 함께 임차목을 비롯한 죄수들의 몸이 천 갈래, 만 갈래 터져 나갔다.

마교의 동귀어진 무공인 폭혈마공이었다.

그 마공에 휩쓸린 강이산과 그의 부하들이 비명을 지를 새도 없이 벌집이 되어 쓰러졌다.

*　　　*　　　*

외밀원주 요화극의 행방이 묘연한 상태에서 북림으로부터 갑작스럽게 불어닥친 태풍은 무황성 전역을 휩쓸었다.

자신들이 누군가로부터 침입을 받을 것이라고는 꿈에도 생각지 못한 사람들은 제대로 상황파악도 되지 않은 상태에서 죄수들이 일으키는 폭혈마공에 피로 물들어갔다.

단 한 시진 남짓한 시간 동안 그들이 폭사하며 입힌 피해는 실로 엄청났다.

이미 생을 포기한 그들이었기에 조금도 주저함이 없었다.

지옥 같은 뇌옥에서 뼈에 사무치는 원한을 키운 그들은 아무 거리낌 없이 몸을 내던졌고 그곳은 아수라장이 되어버렸다.

한 시진이 지나자 무황성 곳곳에는 그들의 피가 튀지 않은 곳이 없었다.

그런 상태에서 마지막까지 남은 장로들과 죄수들은 수백 명의 사람들을 인질로 잡고 성주와의 대면을 요구했다.

잠시 후 무황성주 단목상군이 얼음장 같은 표정으로 걸어나왔다.

"무황성을 일으킨 무황성의 장로였던 당신들이 이럴 줄은 몰랐소."

일장로와 오장로, 육장로, 그렇게 세 명의 장로와 마주 선 단목상군이 살기 충천한 눈으로 그들을 쳐다보며 말했다.

"그러게 말이오. 초일부 초대 성주님과 생사고락을 함께한 우리들이 이런 꼴이 될 줄은 정말 몰랐소. 강호인은 사부를 잘 만나야 하고, 주군을 잘 만나야 한다는 말이 하나도 틀린 데가 없는 것 같소. 우리 역시 어질고 덕망 높은 주군을 만났다면 이런 비참한 신세는 되지 않았을 텐데 말이오."

일장로 조강한이 차가운 웃음을 흘리며 말했다.

"당신들이 그렇게 된 것은 당신들이 저지른 일 때문이지 누구의 탓도 아니오."

단목상군 역시 비웃음과 함께 화답했다.

"맞는 말이오. 우리가 뇌옥에 갇힌 것은 반란을 일으켰기 때문이지요."

조강한이 순순히 인정을 했다.

"그런데 무슨 할 말이 더 있단 말이오!"

단목상군의 눈이 살기를 폭사했다.

"단 한 순간도 믿지 않고 의심만 하는 주인을 향해 아랫사람들이 짜낼 수 있는 충성심에는 한계가 있는 법이오. 뭐 우리가 거창한 것을 바란 것도 아니었소. 말년에 우리끼리 만나 옛날

애기도 좀 하며 마음 놓고 술 한잔 마시고 싶었는데 그것이 자꾸 방해를 받더군. 두 명만 모여도 이 중, 삼 중의 감시망과 첩자들이 오고가며 비상이 걸렸소. 결국 우리보고 원로원에 갇혀서 뒷방 퇴물로 죽어가라는 말인데…… 우리는 갇히는 것을 싫어하거든. 그래서 뇌옥에서도 탈출했고."

이번에는 오장로 풍신호가 볼을 씰룩거리며 말했다.

"너무 열 받지 마시오, 오장로. 다 주인 복 없는 우리 팔자지 누굴 탓하겠소."

육장로 고산동이 조소를 흘리며 말했다.

"혼자의 힘으로 무황성을 이끌고 나가기 위해선 어쩔 수 없는 일이었소. 누구보다 당신들이 그걸 잘 알지 않소?"

단목상군이 항변하듯 목소리를 높였다.

"왜 혼자라고 생각하시었소? 우리 장로들도 있고, 여러 전각의 각주들도 있고, 대원들도 있었소."

"당신들은 언제나 내 뒤통수를 노리는 자객이나 마찬가지였소."

"후후!"

고산동이 허탈한 웃음을 흘렸다.

"애초에 대화가 안 통하는 인간이었어. 조금이라도 개정의 기미가 보였으면 이쯤에서 그만두려 했는데 결국 막판까지 가야겠군."

고산동의 눈에서 진득한 살기가 흘러나왔다.

"당신들이 더 꺼내놓을 패가 있단 말이오? 내가 여기 나온

건 내 손으로 당신들을 처단하고 싶어서이지 당신들의 협박
따위가 무서웠던 게 아니오."

단목상군이 콧방귀를 뀌었다.

"그렇군. 네놈은 인질들의 생명이 마음에 걸려 나온 게 아니
었군. 그렇다면 인질들은 풀어주어야겠지."

경멸의 눈빛과 함께 말투도 바뀐 일장로 조강한이 손짓을
하여 인질로 잡고 있던 식솔들을 풀어주었다.

죽음의 공포에서 덜덜 떨고 있던 시비들과 시종들이 비명을
지르며 달아났다.

"그런 허튼짓거리로 살아 갈 수 있다고 생각진 마시오."

잠시 당황했던 단목상군이 싸늘하게 말했다.

"물론이지. 가만 놓아두어도 우리 목숨은 오늘 안으로 끊긴
다네. 그러니 네놈이 살려준다고 해도 우린 못 살아. 후후후!"

조강한이 음산한 미소와 함께 다시 입을 열었다.

"하지만 마지막 선물은 주고 가야지. 그렇다고 너무 겁먹진
말게나. 우리 셋이 폭혈마공을 한꺼번에 펼친다 하더라도 네
놈 털끝 하나 건드리지 못한다는 것은 익히 알고 있으니…….
하지만 육체적 충격만이 충격은 아니지."

조강한의 눈이 서서히 이글거리기 시작했다.

"오늘의 이 모든 일을 꾸민 게 누군지 아는가? 단근참맥된
우리가 폭혈마공을 익힐 수 있게 되고, 암반으로 된 뇌옥이 뚫
린 것이 누구 때문이라고 생각하는가? 후후후! 그 주인공은 바
로 네놈 셋째 제자와 셋째 딸일세. 자네 셋째 제자가 우리 처

소에까지 땅굴을 파고들어 와 폭혈마공을 전해주었고 자네 셋째 딸이 뇌옥으로 들어와 이걸 전해주어서 탈출이 가능했지. 으하하하하!"

조강한은 계란 하나를 손에 들었다.

"네놈 셋째 딸이 먹으라고 가져온 계란일세. 하지만 이건 진천뢰야. 벽씨세가로 갔던 네놈 딸이 네놈을 무너뜨리기 위해 가져온 것이라더군. 어떤가, 가장 가까운 사람에게 배반을 당한 기분이?"

조강한의 말에 단목상군의 얼굴이 야차처럼 일그러졌다.

뇌옥의 붕괴!

그건 누군가 외부에서 도와주지 않으면 절대로 불가능했다.

그 외부의 침입자가 자신의 딸과 제자란 말이다.

펄럭!

바람 한 점 없는 날씨에도 불구하고 단목상군의 의복이 폭풍에 흩날린 것처럼 펄럭거렸다.

"그들에게도 제대로 믿음을 주지 못했기에 이런 일이 생긴 것이지. 무황의 가장 큰 덕목은 무공이 아니라 인품일세. 네놈은 무공은 강할지 몰라도 인품은 무황성을 다스릴 만큼 되지 못했네. 이렇게 된 것은 필연이야."

고산동이 단목상군의 가슴에 마지막 비수를 꽂았다.

"이 늙은 퇴물들! 모조리 찢어죽이겠다."

단목상군이 벼락처럼 고함을 치며 두 손을 들어 올렸다.

우우웅—

단목상군의 양손에 찬란한 금빛의 제왕금룡기가 어렸다.

"그렇게는 안 되지. 우린 우리식으로 가겠네."

고산동이 손에 쥔 진천뢰에 힘을 주었다. 동시에 폭혈마공을 펼쳤다.

콰앙!

진천뢰가 한발 앞서 터지며 세 명의 장로들이 같이 터져 나갔다. 마지막 남은 죄수들도 그 속에 휘말렸다.

"이, 이런 쳐 죽일!"

제왕금룡기가 어린 쌍장을 뿌리지도 못한 단목상군이 미칠 듯이 분노하다 장로들과 죄수들이 섰던 자리에 쌍장을 뿌렸다.

콰앙!

혈편으로 변한 장로들과 죄수들의 시신들이 다시 터져 올랐다.

단목상군은 그래도 분이 풀리지 않는지 계속해서 장력을 터뜨렸다.

"그만하세요, 아버지!"

뒤쪽에서 날카로운 여인의 목소리가 들렸다.

단목진희였다.

"네, 네가 감히!"

단목상군은 잡아먹을 듯 단목진희를 쳐다보았다.

오늘의 모든 소동을 일으킨 장본인 중 한 명인 셋째 딸이었다. 아직 확인은 안 해봤지만 일장로 조강한의 말이 맞다면 자신의 딸이 자신의 가슴에 비수를 꽂은 것이다.

"감히 네가 이 아비에게 반기를 들었단 말이냐?"

단목상군은 수염을 부르르 떨며 고함을 질렀다. 그의 몸에서 터져 나오는 기파가 흙먼지들을 허공으로 숫구치게 했다.

근처에 있던 사람들이 주춤거리며 뒤로 물러났다. 그러나 놀랍게도 단목진희는 그 자리에 꼿꼿하게 서 있었다.

"아버지에게 반기를 든 것이 아니라 요화극 그 인간에게 반기를 든 것이에요. 그 인간이 아버지를 끊임없이 부추기며 오늘에 이르게 했어요. 그 인간만 아니었다면 아버지는 영웅으로 남았을 거예요."

부친의 모든 행위가 요화극의 선동 때문이라고 굳게 믿고 있는 단목진희는 조금도 흔들리지 않는 표정과 함께 또박또박 말했다.

"감히!"

단목상군의 수염이 다시 부르르 떨렸다. 당장에라도 쌍장을 내뻗을 듯 그의 손에서도 기류가 어렸다.

"진희야!"

조화민이 찢어질 듯 고함을 지르며 달려나왔다.

"멈추세요, 어머니! 아직 제 말 다 끝나지 않았어요."

단목진희는 손을 뻗으며 단호하게 고함을 쳤다.

"지, 진희야!"

서릿발 같은 단목진희의 태도에 조화민은 주춤 걸음을 멈추었다.

예전의 철없고 어리광만 부리던 딸이 아니었다. 지금은 끝없는 추락과 죽음만큼 짙은 절망감 속에서 한 마리 들짐승처럼 변해 있었다.

"아버지의 헛된 야망으로 인해 수많은 사람들이 피를 흘리며 죽어가고, 더 나아가 가족들까지 모두 처형당할 것이란 생각은 해보지 않았나요?"

"이, 이놈이 어디서!"

"이제라도 늦지 않았습니다. 요화극 그 악귀 같은 인간에 현혹되지 마시고 무림의 영원한 영웅으로 남아주세요, 아버지. 이렇게 빕니다."

단목진희가 바닥에 무릎을 꿇었다.

단목상군은 어이가 없는지 잠시 입을 다물지 못했다.

절벽 아래로 떨어져서 기어오르지 못하는 사자새끼로 치부했던 딸이었다. 그런 딸이 이렇게 자신에게 정면으로 반항할 줄 몰랐던 것이다.

이제껏 그 어떤 사람도 감히 하지 못한 일이었다.

대체 무엇이 어린 딸을 저렇게 만든 것인가?

'그놈!'

무당산 자락의 선인봉에서 죽이지 못한 그놈이 딸을 저렇게 만든 것이다.

그놈의 간교한 계략에 셋째 제자가 뇌옥을 깨뜨리고 딸은 자신의 앞을 정면으로 막아선 것이다.

부르르―

단목상군의 두 주먹이 세차게 떨렸다.

"네가 감히 이 아버지 앞을 막아서다니. 용서할 수가 없다. 뇌옥에 하옥시켜라!"

단목상군이 추상같이 고함을 쳤다. 그러나 아무도 섣불리 움직이는 사람이 없었다.

조화민이 먼저 달려나와 단목진희의 앞을 가로막았기 때문이다.

"성주! 어떻게, 어떻게 그럴 수가 있나요. 진희를 뇌옥에 넣으려면 나도 같이 들어가겠어요."

조화민이 양팔을 벌리며 울부짖었다.

"친위대는 뭣들 하느냐? 어서 명을 집행하라!"

단목상군이 다시 고함을 질렀다.

"존명!"

친위대가 주춤거리며 앞으로 나섰다.

"지, 진희야!"

조화민이 목이 찢어져라 고함을 질렀다.

"어머니… 부디……."

심맥을 끊은 단목진희가 조화민에게 마지막 부탁 하나를 남긴 채 천천히 눈을 감았다.

*   *   *

"원주님! 아직 아무런 차도가 없습니까?"

까마득한 곳에서 심복 임당(林唐)의 목소리가 들려왔다. 마치 백 장 밖에서 부르는 소리 같았다.

"임당이냐?"

요화극은 허공으로 손을 휘저었다.

임당의 손이 잡혔다.

"원주님… 청각이 돌아온 것입니까?"

임당의 놀란 목소리가 들렸다.

손을 맞잡고 마주 선 거리였지만 임당의 목소리는 여전히 백 장 밖에서 들리는 것 같았다.

제대로 청각이 돌아오지 않은 것이다.

하지만 그것만으로도 뛸 듯이 기뻤다.

이렇게 모깃소리만큼이나마 들린다는 것은 완전히 귀머거리가 된 것이 아니라 일시적으로 청각을 상실했다는 말이다.

그렇다면 시간문제이다.

운기조식을 하고 기다리기만 하면 청각은 완전히 돌아올 것이다.

아울러 시력도 돌아온다고 봐야 한다.

요화극은 억지로 눈을 떴다.

약을 바른 눈이 끈적거리며 눈꺼풀이 잘 떨어지지 않았다.

눈이 완전히 떠졌지만 여전히 암흑천지였다.

"흐읍!"

진기를 이끌어 눈으로 돌렸다. 그리고는 안력을 키우는 명안공(明眼功)의 심법을 운용했다.

눈이 시원해지며 바늘 끝만큼 가느다란 빛이 느껴졌다.

그 정도면 착시일 수도 있었기에 요화극은 일희일비하지 않고 계속해서 명안공의 심법을 운용했다.

"이 촛불이 보이십니까?"

모깃소리만 한 임당의 목소리가 들렸다.

그렇다면?

가느다란 빛줄기는 착각이 아니라 촛불이 토해내는 빛이란 말이다.

"촛불을 꺼보게!"

가느다란 빛줄기가 사라졌다.

"껐다 켰다를 반복해 보게."

가느다란 빛줄기가 깜박거렸다.

'됐다!'

요화극은 쾌재를 외쳤다. 착각이 아니라 시력 역시 돌아오고 있는 것이다.

가까이서 당한 곽진동은 시력과 청력을 영구히 잃을 가망성이 컸지만 최대한 거리를 두고 당한 자신은 일시적인 피해만 입은 것이다.

"오늘이 며칠쩬가?"

"이틀이 지났습니다."

모깃소리만 한 임당의 목소리가 들렸다.

"성내의 상황을 최대한 상세히 말해주게. 어서!"

요화극은 목소리를 높이며 재촉했다.

임당이 그간의 상황을 설명해 주는 동안 요화극의 표정은 수십 번도 더 바뀌었다.

"이런 찢어죽일 놈!"

마침내 요화극이 고함을 질렀다.

당해도 제대로 당한 것이다.

아니, 이렇게 완벽하게 당할 수가 있나 싶을 정도로 당했다.

과연 이 상태에서 계획을 계속해서 추진할 수 있을까 하는 먹구름 같은 절망감이 몰려왔다.

요화극은 들끓어 오르는 심정을 가까스로 억누르며 최대한으로 머리를 회전시켰다.

물질적인 피해는 크지 않았다.

각주 몇 명이 죽고 각의 전투 부대들이 일 할 정도 사망했다.

그 정도라면 미미하다 할 수 있었다.

그러나 문제는 정신적인 충격이다.

뇌옥에 갇혔던 장로들을 비롯한 죄수들의 탈옥과 그들의 자폭을 바라보며 성의 모든 사람들은 사기가 땅에 떨어졌을 것이다.

인덕이 부족한 성주를 모시며 자신들도 언젠가는 그런 꼴을 당하지 않을까 하는 의구심도 생길 것이다.

그것보다도 더 큰 피해는 성주 단목상군에게 있다.

딸이 자신의 앞을 가로막다가 눈앞에서 자진을 했다. 그 충격으로 단목상군은 이성을 상실할 수도 있다.

'이럴 때가 아니다!

요화극은 서둘러 옆에 있던 겉옷을 챙겨 입었다.

"어쩌시려고?"

임당의 걱정이 들렸다.

"집무실로 안내하게."

요화극이 다급하게 말했다. 올 때는 비상통로로 미끄러지듯 왔지만 가는 것은 혼자 힘으로 어려웠다.

"조금 더 정양을 하십시오. 무리하면 악화될 수도 있습니다."

임당이 만류했다.

"아니네. 한시도 지체할 수 없는 상황이네. 더 시간을 끌면 내부로부터 붕괴될 수도 있네."

완강하게 손을 내저은 요화극이 먼저 앞으로 나섰다.

어쩔 수 없다는 듯 임당이 앞으로 나서 요화극을 안내했다.

"주, 주모님!"

임당의 목소리가 아까보다 더 크게 들려왔다.

청력이 조금 더 회복되었을 수도 있었고, 아니면 임당의 목소리가 과도하게 커서 그렇게 들릴 수도 있었다.

요화극은 긴장으로 온몸을 굳혔다.

주모라면 단목상군의 아내인 철봉황 조화민이다.

그녀가 직접 이곳으로 왔다는 말이다.

단 한 번도 없었던 일이다.

이곳은 성주 단목상군도 함부로 방문하지 않는 자신의 성역이었다. 필요하다면 사람을 시켜 부르면 되는 것이다.

그런데도 그녀가 직접 이곳에 왔다면?

요화극의 뇌리로 경종이 울렸다.

자식을 잃은 어미는 완전히 이성을 잃게 마련이다. 그리고 그 어떤 맹수보다도 포악해진다.

천천히 손을 뻗어 비상통로를 여는 줄을 잡았다.

갑자기 줄이 느슨해졌다. 그리고는 아래로 뚝 떨어져 내렸다.

단칼에 잘려 버린 것이다.

"크윽! 왜……?"

임당이 내지르는 단말마의 비명 소리가 들렸다.

"내 딸의 마지막 소원이 그것이니까."

조화민의 얼음장 같은 목소리가 들렸다. 뒤이어 쿵! 하고 임당이 바닥으로 무너지는 소리도 들렸다. 비상통로를 여는 줄과 함께 임당도 같이 베어진 것이다.

요화극은 온몸이 얼어붙었다.

한때 철봉황이란 별호와 함께 최고의 여고수였던 그녀였다.

눈이 보인다고 하더라도 상대가 될 수 있을지 장담할 수 없었다.

"지금 절 죽이시면 성주께서 용서하지 않으실 겁니다."

요화극은 차분하게 가라앉은 목소리로 말했다.

이 상황에서 자신의 유일한 생명줄은 성주 단목상군뿐이

었다.

"기꺼이 뇌옥으로 가지요."

더욱 깊게 가라앉은 목소리로 조화민이 답했다.

역시 자식을 잃은 어미에게 이성을 기대하는 것은 무리였
다.

뜨끔!

목에서 가시가 걸린 느낌이 전해져 왔다.

가시치고는 무척이나 뜨거운 가시였다.

가시에서 전해지는 열기가 온 뇌리를 뒤덮는 순간, 요화극
의 신형이 바닥으로 무너졌다.

第九十六章

폭풍전야(暴風前夜)

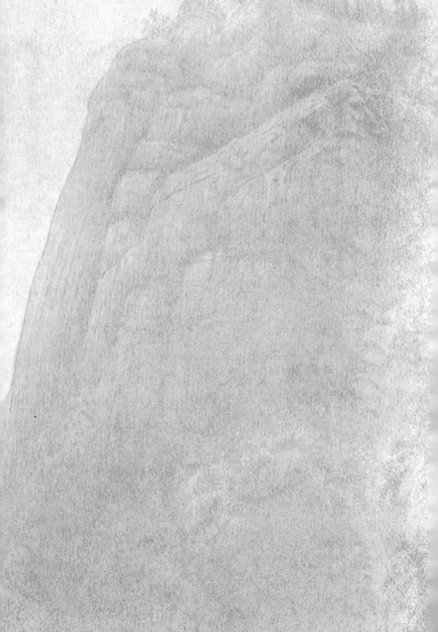

장흥관일

"지금부터는 대추(大椎)혈과 신주(身柱)혈에 모든 정신을 집중하여 명문(命門)혈을 타고 올라오는 진기를 반씩 나누어 주입해라."

사천에서 호북의 조양방으로 총단을 옮긴 무영은 그곳 지하 연공실에서 사제들인 초무성과 유자인, 곽영현에게 하루 종일 쉴 새 없는 가르침을 내리고 있었다.

벌써 열흘째 그런 수련에 유자인과 곽영현은 몇 번이나 혼절했다가 깨어났고 무영을 가장 많이 닮아 무공광인 초무성마저도 코피를 쏟으며 숨을 헐떡였다.

"그게 아니다! 대체 정신을 어디다 쏟는 것이냐?"

곽영현의 맥문을 잡고 내부를 살피던 무영이 천둥 같은 고함을 질렀다.

평소의 무영에게서는 상상도 할 수 없었던 모습에 유자인과 초무성은 겁먹은 눈으로 한쪽에서 지켜보기만 했다. 잠시 후 자신들의 차례가 되면 그들 역시 똑같이 겪게 될 일이었기에 눈도 깜박이지 않고 유심히 지켜보면서도 잔뜩 긴장하고 있었다.

그동안 사제들을 가르치면서 무영은 딴사람이 된 것 같았다.

사제들에게는 언제나 부드럽고 온화했던 사형이었지만 최근에는 추호의 실수도 허용하지 않았고 잠시의 쉴 틈도 주지 않았다. 그야말로 입에서 단내가 나다 못해 피를 토할 정도로 수련을 시켰다.

만약 자신이 단목상군과의 대결에서 목숨을 잃을 경우 더 이상 가르칠 수 없기 때문에 그 안에 최대한 많이 이끌어 가장 험한 고개는 넘겨주고 싶었다. 그렇게만 해주면 그 뒤부터는 스스로 터득할 수 있는 것이다.

"사형! 제발 좀 쉬었다 합시다. 저러다 영현 사제가 죽겠습니다."

곽영현의 이마에 튀어나온 힘줄을 보며 유자인이 애원을 했다. 그러나 무영은 조금도 늦추지 않고 수련에 매진했다.

"사형!"

"입 닫고 너도 준비해!"

무영의 고함이 실내를 울렸다.

얼음장 같이 차가운 무영의 고함에 유자인은 목을 움츠리며 한숨을 내쉬었다.

이곳에 오자마자 대부분의 시간을 수련에만 보내느라 무영이 최근 왜 이렇게 자신들을 혹독하게 수련을 시키는지 짐작하지 못했기에 유자인은 서러운 마음마저 들기 시작했다.

그녀와 초무성, 곽영현이 수련동에서 혹독한 수련에 정신없는 사이 바깥세상에서는 대폭풍이 지나간 것 같은 상황이 전개되고 있었다.

현재 강호를 어지럽히는 모든 혼란의 장본인이 무황성주 단목상군이라는 것이 밝혀지며 모든 사람들은 놀란 가슴을 진정시키지 못했다.

백도의 우상으로 존재하던 그가 뒤에서 교묘히 조종하여 흑도와 백도의 흑백대전을 일으키려 했다는 사실은 도무지 믿어지지 않았다. 그러나 장강대혈투에서 녹림총채주와 장강수로타주가 사로잡히고 교룡각주와 그가 이끌던 철마단도 파황문주에게 괴멸되고 단주는 사로잡혀 모든 것을 실토했다고 했으니 더 이상 의심의 여지가 없었다. 또한 구파일방의 장문인과 무림세가의 가주들도 무황성이 그간 자신들 문파에 첩자를 심어 분란을 조장했고 그 첩자들이 결국 비참한 최후를 맞았다는 것을 문서로 만들고 직인까지 찍어 개방을 통해 발표하자 이제 그 소문을 의심하는 사람은 거의 없었다. 그 결과 무황성은 많은 지지자들을 모조리 잃고 서서히 고립무원의 상태가 되어갔다.

그 와중에 무황성에서 대란이 일어나고 백도무림은 무황성에 대한 복수의 칼을 갈며 서서히 압박해 가기 시작했다. 급기야 정파무림은 무황성주의 공식 사과와 함께 무황성의 해체를 요구하고 그것을 받아들이지 않을 경우 무황성을 공격한다는 선언을 했다.

단목상군의 공식 사과와 무황성의 해체!

그건 현실적으로 불가능한 일이었다.

무황성주 단목상군은 무림맹에 포위되어 굶어죽을지언정 그렇게 하지 않을 것이다. 정파무림 역시 충분히 그걸 알고 있었다. 그럼에도 그런 요구를 한 것은 그동안 정파무림 위에 군림한 무황성을 많이 약해진 기회를 틈타 완전히 무너뜨려 버리려는 의도가 분명했다. 또한 그대로 두면 언젠가는 다시 이런 사태를 만들 단목상군을 이 기회에 제거하자는 것이다.

무영은 할 일이 이제 단 한 가지밖에 남지 않았다는 것을 느끼며 사제들에게 자신의 성취를 물려주기 위해 혹독하게 수련을 시키고 있는 것이다.

"사제, 이젠 좀 쉬었다 하게. 이러다가 아이들 다 죽이겠네."

둘째 사형 목상진이 들어오며 무영을 말렸다. 그와 함께 화연옥이 조심스럽게 따라 들어왔다.

수련 도중에 그들이 직접 나타난 것으로 보아 아마도 무슨 의논할 일이 있는 모양이었다.

"잠시 쉬었다 다시 하도록 하자."

무영의 말이 떨어지기가 무섭게 곽영현이 바닥에 드러누우며 숨을 헐떡거렸다.

검법 연습이나 마보를 취하는 육체적인 수련만이 힘든 게 아니었다. 혈맥으로 정확하게 진기를 흘려보내고 단속하는 심공 수련도 그것 못지않게 힘들었다. 어떤 때는 숨이 콱 막히고 창자가 끊어지는 듯 아팠다. 만약 무영이 맥문에 손을 대고 혈맥을 통제하며 도와주지 않았다면 벌써 주화입마에 빠졌을 것이다.

그러나 아직 한 번도 밟아보지 않은, 수천 장 절벽 위로 난 길을 혼자의 힘으로 걸어온 무영에 비하면 앞에서 인도해 주는 대로 따라만 가면 되는 그들은 수십 배는 더 안전하고 편하다고 볼 수 있었다. 그걸 아는 그들이었기에 혹독한 수련에 단말마의 비명을 지르면서도 무영에 대한 존경의 염은 더해갔다.

"어쩐 일이십니까, 이곳까지 직접 오시고?"

무영의 눈가에 약간은 날카로운 기운이 묻어났다. 수련을 방해받은 데 대한 무언의 질책이었다.

"미, 미안하네, 사제. 좀 급한 일이 있어서……."

목상진이 목을 움츠리며 화연옥을 쳐다보았다. 화연옥 때문에 왔다는 변명의 몸짓이었다.

무영은 시선을 돌려 화연옥을 쳐다보았다.

"아버지께서 오셨어요."

화연옥이 긴장된 표정으로 말했다.

최근 무영이 사제들에게 혹독한 수련을 시키는 것을 보며 그녀는 언제나 긴장하고 있었다. 사제들에 대한 수련이 끝난 후에는 무영이 훌쩍 무황성을 향해 떠날 것 같은 분위기를 느꼈기 때문이다. 그런 와중에 수련에 전념하던 부친까지 왔으니 더욱 불안했다.

"화운성 대협께서?"

무영이 잠시 의외의 표정을 짓다가 얼른 연공실을 나섰다.

"오랜만일세!"

화연옥의 외삼촌 오인목과 함께 차를 마시고 있던 화운성이 잔잔한 미소와 함께 무영을 쳐다보았다.

"정말 뜻밖이군요. 연구는 끝나셨습니까?"

무영이 포권을 취한 후 반갑게 물었다.

"아직 조금 남았네. 하지만 이젠 자네와 비무를 할 때가 되었다는 생각이 들어 찾아왔네."

화운성은 무영이 얼마 후면 단목상군과 필생의 대결을 벌일 것이라고 짐작하는 모양이었다. 그래서 무언가 도움을 줄 겸 찾아온 것이다.

"형님도 참! 언젠가 어련히 찾아갈 텐데 이렇게 직접 오십니까. 하하!"

오인목이 긴장된 분위기도 누그러뜨릴 겸 가벼운 웃음을 터뜨렸다.

"사천성에 있었다면 멀어서 못 왔겠지만 같은 호북성으로 왔으니 이렇게 찾아온 것일세. 차도 다 마셨으니 지금 바로 시작하세."

화운성은 검을 들고 바람처럼 자리에서 일어났다.

"아, 아버지!"

화연옥이 놀란 표정으로 부친을 쳐다보았다. 그러나 화운성은 벌써 밖으로 나서고 있었다.

무영도 입맛을 한 번 다신 후 천천히 화운성을 따랐다.

조양방의 넓은 연무장에는 금방 수많은 사람들이 모였다.

흑기대에서부터 무영이 한때 몸담았던 회기대 무사들은 물론, 태상방주인 염천기와 수석장로 공야홈도 방도들 틈에 끼어 시선을 고정시켰다. 이때만큼은 아무도 그들에게 자리를 양보해 주지 않아 이리 밀리고 저리 밀리며 혀를 찼다.

특히 여인들로만 구성된 녹기대는 단 한 명도 빠지지 않고 제일 앞으로 모여들었다.

한때 회기대 제일 말단 조의 신참이었던 무영이 이젠 그 어떤 문파보다 더 거대한 파황문의 문주가 되었고, 더 나아가 그가 파황객의 후예였다는 사실을 알고 나서부터 하루라도 무영에 대한 얘기를 나누지 않은 날이 없던 그녀들이었다. 그래서 잘못하면 거대한 기파에 휩쓸려 죽을 수도 있다는 경고에도 불구하고 그녀들은 한 발짝이라도 더 가까이 다가서려고 아우성을 쳤다.

"전에 내가 한 말 기억하는가?"

화운성이 담담한 목소리로 물었다.

화씨세가에서 무영을 일견한 화운성은 무공은 뛰어나지만 내부가 너무 얼어 있다고 했다. 그래서는 초식이 경직될 수밖에 없다고 했다. 그리고 그걸 극복하기 위해서는 싸울 때만큼은 인간의 오욕칠정을 모두 벗어던지라는 충고를 했다.

"유념은 하고 있지만 잘 안 되더군요."

무영이 고개를 끄덕였다.

"그런가? 하긴 말을 내뱉은 나도 제대로 못하는 일이지."

화운성도 같이 고개를 끄덕였다.

"그럼 시작함세. 자네는 빈손으로 하겠나?"

"그게 낫습니다."

"그렇겠지. 자네 정도라면 손이 검이고, 마음이 초식일 테니까."

말을 마친 화운성은 천천히 검을 뽑았다.

중원 최고 검가인 화씨세가의 검치 화운성!

그리고 전설의 고수인 파황객의 후예 무영!

두 절대고수의 대결을 바라보는 모든 구경꾼들은 심장이 터질 듯한 긴장감에 숨도 쉬지 않고 두 사람을 쳐다보기만 했다.

우우웅―

천천히 화운성의 검이 허공으로 치켜 올라갔다. 그리고는 일직선으로 떨어져 내렸다.

만화검법이라는 천변만화하는 화씨세가의 검법과는 달리 전혀 변화를 느낄 수 없는 검이었다. 그러나 무영은 그 단순한 검초에 수만 변이 숨어 있다는 것을 느꼈다.

이대로 꼼짝 않고 있어도 만화검에 당한다. 그렇다고 섣불리 움직이면 단순한 검초에 숨겨진 만화검은 동시에 수만 변의 검기가 터져 나오며 그물처럼 전신을 감쌀 것이다.

무영의 우수가 천천히 움직였다.

무영의 움직임을 감지한 순간 화운성의 검에서 검기가 폭죽처럼 터져 나왔다.

그물망을 넘어서 소낙비가 떨어져 내리는 듯한 은색 검기는 태양광마저 차단하며 온 세상을 은색으로 물들였다.

최대한 가까이에서 구경을 하고 있던 녹기대 여인들은 비명을 지를 새도 없이 아예 눈을 감아버렸다.

우웅웅―

만화일섬검의 검기가 온몸을 감싸려는 순간 무영의 손이 둥글게 원을 그렸고 그 원에서 뻗어 나온 기운들이 거대한 공이 되어 무영의 전신을 감쌌다.

파파파파팡!

만화일섬검의 검기가 둥근 원에 부딪치며 모조리 흩어졌다.

가공할 호신강기였다.

호신강기와 검기가 마주친 곳에서 엄청난 먼지들이 회오리쳐 올랐고 구경꾼들이 만든 연무장의 원이 더 넓어졌다.

다시 만화검이 느리게 움직였다.

파아앙!

이번에는 소낙비 같은 검기가 아닌, 날카로운 창 같은 검기한 줄기가 무영을 향해 쏘아졌다.

무영의 신형이 흐릿하게 사라졌다.

창날 같은 검기의 끝이 바위를 두드린 대나무같이 갈라지며 무영의 신형을 쫓아갔다.

무영의 신형이 한 곳에서 멈추며 두 손을 뻗었다.

콰앙—

무영의 손에서 검은 은색 기운이 터져 나오며 쪼개진 대나무 같은 검기들을 모조리 감싸며 상쇄시켜 버렸다.

"역시 파황객이군!"

화운성의 입에서 만족한 탄성이 터졌다.

"이젠 마지막일세."

화운성이 다시 검을 쳐들었다.

그의 검이 하늘을 쪼갤 듯 처음부터 무겁게 떨어져 내렸다.

자신이 얻은 모든 심득에 온 내력을 다 쏟아부은 공격이었다. 그렇게 하면 자칫 무영이 크게 다칠 수도 있고, 반대로 화운성 자신이 큰 내상을 입을 수도 있었다. 그러나 무영이라면 그것에 충분히 대처할 것이라고 믿고, 또 자신의 전력을 다한 공격으로부터 무영이 스스로를 되돌아보기를 바라는 마음에서 혼신의 힘을 쏟아부었다.

우우우웅—

화운성의 검에서 쏟아지는 기운이 태산이라도 쪼갤 듯 무영의 머리로 떨어져 내렸다.

허공의 대기가 모두 쇳덩이로 변해 떨어지는 듯한 압력이 느껴졌다. 그리고 무영은 그 기운 속에서 자신의 몸이 만년한 철로 된 쇠사슬에 결박된 듯한 느낌을 받았다.

처음보다 한참을 더 물러났던 조양방도들이 엄청난 압력을 견디지 못하고 낙엽이 날리듯 튕겨 나갔다.

무영은 긴 호흡과 함께 무당에서 대성을 이룬 반선심공과 현천심공이 융합된 파황기(破荒氣)를 끌어올렸다.

파황기가 온 혈맥으로 흐르며 옴짝달싹 못하게 짓눌러 오던 압력이 서서히 옅어져 갔다.

쐐애액—

위에서 내리누르는 기운과는 달리 검은 옆에서 허리를 노리고 짓쳐들었다.

무영은 쾌속하게 손을 뻗어나갔다. 그러나 엄청난 압력에서 다 해방되지 못한 탓에 신형이 움찔 흔들렸다.

그 순간 날아드는 검이 전광석화 같이 변화를 일으키며 무영의 전신을 덮쳐 왔다.

절체절명의 순간 무영의 신형이 아무런 무게감 없이 아지랑이처럼 흔들렸고 화운성의 검은 무영의 상의 한곳만 자른 채 검집으로 들어갔다.

"유념은 하고 있지만 잘 안 된다는 말은 거짓이었군."

화운성이 옷소매로 이마에 흥건한 땀을 닦으며 말했다.

모든 내력을 한꺼번에 다 쏟은 탓에 그의 몸도 소낙비를 맞은 것처럼 땀에 젖어 있었다.

"조금 전에 비로소 깨달았습니다."

무영이 빙긋 웃으며 답했다.

"그런가?"

화운성도 빙그레 미소를 지었다.

비틀!

화운성의 신형이 갑자기 흔들렸다. 그리고 입에서 선혈 한 가닥이 쏟아졌다.

"아버지!"

"형님!"

화연옥과 오인목이 급히 달려와서 화운성을 부축했다.

"괜찮네. 과도한 진기의 운용 때문일세. 파황객을 상대하며 이만한 대가도 지불하지 않는다면 도둑놈이지."

화운성이 창백한 안색과는 달리 환한 미소를 지었다. 모든 빚을 다 갚은 듯 홀가분한 심정이 그 미소 속에 녹아 있었다.

"그럼 난 가보겠네."

비틀거리는 신형을 바로세운 화운성이 휘적휘적 걸음을 옮겼다.

"아버지!"

"형님! 대체?"

"할 일이 많네!"

장내를 꽉 채운 모든 사람들의 황망한 시선들을 뒤로하고 화운성은 그렇게 자신의 가문으로 가버렸다.

*　　　　*　　　　*

"역시 이렇게 흘러가는군. 후후!"

무영은 문도들로부터 보고를 들으며 조소를 피워 올렸다.

단목상군의 야욕이 모두 드러나며 당장에라도 무황성을 공격할 것 같았던 백도무림은 그 후 한 달이 지나도록 아무런 움직임이 없었다. 또한 단목상군에 대한 성토 역시 한마디도 흘러나오지 않았다.

그건 마도 때문이었다.

그동안 지리멸렬했다고 생각했던 마도가 천마의 재림과 함께 중원 각지에서 순식간에 모여들었고 그 수는 수만에 이르렀다. 그리고 지금도 계속 늘어나고 있었다.

그야말로 잡초보다 더한 생명력이었고 백도무림의 입장에서는 등골이 서늘할 수밖에 없는 일이었다.

그들이 지금은 무황성에 대해서만 찌를 듯한 원한이 있고, 정도문파와는 오히려 우호적인 관계에 있다고 하지만 마교는 백도와는 영원히 양립할 수 없는 공포의 존재들이었다. 서서히 자리를 잡고 힘을 축적하고 나면 결국은 백도무림과 대립할 수밖에 없다는 생각을 한 것이다.

그런 마도를 견제하기 위해서는 무황성이 사라져서는 안 된다는 것이 중론이었고 결국 그간의 모든 것을 덮어버리며 침묵으로 일관하고 있는 것이다.

"강호라는 세상에는 영원한 친구도 영원한 적도 없는 법일세."

오인목도 조소 어린 표정과 함께 말을 받았다.

"이러다간 파황문이 도리어 무림공적으로 몰리는 것이 아닌가요? 파황객의 후예인 공자님이 또 다른 무황성주가 될 수도 있으니까요."

화연옥이 볼이 발개지며 목소리를 높였다.

단목상군에게 살이 떨리는 원한을 간직하고 있는 그녀는 백도무림의 입장을 이해하면서도 분기가 이는 것은 어쩔 수 없었다.

"어차피 내 개인적인 복수심으로 시작한 일이오. 나 역시 그들을 적당히 이용했고 그들 역시 그런 정도에서 절충점을 찾은 것이지요. 일이 잘되어 백도무림이 무황성을 허물어뜨리고 단목상군이 오소리 굴에서 뛰쳐나오면 좋겠지만 백도무림은 그렇게 멍청하지 않지요."

무영은 빙긋 미소를 지었다.

그동안은 단목상군의 팔다리를 하나씩 자르는 과정이었다. 그리고 그 일은 십분 성공했다.

정파무림은 더 이상 아무도 그를 우상으로 생각하지 않고 지지하지도 않는다. 오히려 위선자의 가면을 쓴 간악한 효웅으로 여기며 철저하게 경계하고 경원시한다.

또한 내부적으로는 제자들과 장로들을 모두 잃고 그의 오른팔이라 할 수 있는 요화극까지 잃었다. 그 와중에 셋째 딸 단목진희도…….

팔다리를 모두 자르다 못해 눈알 하나까지 파버린 것이나 마찬가지다.

그야말로 완벽한 성공이었다.

이제 그 몸뚱어리만 처치하면 되는 것이다. 그럼 자신의 복수행은 끝나고 정인 곁으로 돌아갈 수 있는 것이다.

"이제… 그만두면…… 안 되나요?"

화연옥이 조심스럽게 물었다.

무영의 생각처럼 그녀 역시 무영이 그동안 단목상군의 가면을 벗기고 팔다리를 다 잘라 버렸다고 생각했다. 그러니 북풍한설의 밤길을 걷는 것처럼 힘들고 고독한 복수행을 포기하고 조금이나마 편하게 살아갔으면 하는 간절한 바람을 드러낸 것이다.

잠시 화연옥과 눈을 마주쳤던 무영의 시선이 먼 곳으로 향했다.

"그가 살아 있는 한 영원히 추위에서 벗어나지 못할 사람이 있소."

뜻 모를 말과 함께 무영의 눈빛이 차갑게 얼어붙었다.

"새로운 소식이 들어왔습니다."

천종화가 뛰듯이 실내로 들어왔다.

"천마가 무황성주에게 기간이 정해지지 않은 영원한 추살령을 내리고 마도인들이 무황성으로 집결하고 있다고 합니다."

천종화가 무영에게 소식을 전했다.

무영의 눈이 번쩍 빛을 토했다.

수많은 마도인들 앞에서 천마강림의 의식을 치르고 천마의 칭호를 얻은 부연호는 장강대혈투를 치른 그곳에서 마도인들과 함께 마도재건을 위해 무영보다 한발 먼저 중원에 입성했다. 그리고 그동안 어디에서 무슨 일을 꾸미는지 몰랐는데 갑작스레 소식이 날아들었다.

"아직 네놈 혼자서는 무리다."

낮게 중얼거린 무영은 천천히 몸을 일으켰다.

*　　　*　　　*

"예전의 무황성이 아닙니다. 사기가 땅에 떨어졌습니다."

마도인들이 무황성을 겹겹으로 포위하고 이틀이 지난 뒤 서문진충이 부연호에게 보고를 했다.

그동안 분주히 수집한 정보도 그렇고 이곳에서 느낀 분위기도 그랬다.

예전이라면 누가 무황성을 이렇게 포위하고 있다는 것은 상상조차 할 수 없는 일이었다. 그런 생각만으로도 삼족이 멸하는 일이 벌어졌을 것이다. 하지만 지금은 이틀씩이나 포위망을 펼치고 있는데도 놈들은 성문을 굳게 걸어 잠근 채 꿈적도 하지 않았다. 어쩌다 문틈이나 성벽 위로 보이는 놈들도 기가 완전히 죽어 혹시라도 공격을 해오지 않을까 전전긍긍하는 모습이었다.

"천마가 괜히 천마인줄 아… 느냐? 천마가 친히 진군했는데 어떤 놈이 함부로 나선단 말이… 냐!"

요란한 차림을 한 부연호가 목이 부러질 듯 힘을 주며 말했다. 그러나 아직도 서문진충 등에게 하대를 하는 것이 익숙지 않은지 말꼬리가 어색하게 이어졌다.

"지당하신 말씀입니다. 어떤 놈이 천마의 이름 앞에 함부로 나설 수가 있겠습니까?"

옆에 있던 마도인 한 사람이 연신 고개를 주억거리며 답했다.

"하하하! 그렇지. 천마가 괜히 천마인가? 음하하하!"

부연호가 어깨를 활짝 벌리며 광소를 터뜨렸다.

'아부만 일삼는 네놈은 자격이 없다. 네놈 같은 인간들 때문에 기고만장한 천마가 탄생하고 마도는 패망의 길을 걸었지.'

표정은 웃으면서도 부연호의 눈빛은 차가워지고 있었다.

"그래도 천하의 무황성입니다. 절대로 방심하면 안 됩니다. 그리고 솔직히 말해 놈들이 저렇게 사기가 꺾인 것은 우리 문주님…… 아니, 파황문주 덕분이지 천마님 때문이 아닙니다."

복지강이 인상을 쓰며 말했다.

그는 천마가 되고 나서부터 싹 달라진 부연호를 보며 물가에 내놓은 아이를 쳐다보는 심정이었다.

비록 천마의 독문절기를 익히기 시작했다고는 하지만 그것이 완숙의 단계에 이르고 제대로 된 힘을 발휘하기 위해서는 십 년은 더 갈고닦아야 한다. 그래야 진정한 천마가 탄생하는 것이다.

"밑천 안 드는 말 좋게 해주면 어디 덧나오?"

부연호는 인상을 썼다.

'그래. 이 정도는 되어야지. 목에 칼이 들어와도 아닌 것은 아니고, 맞는 것은 맞아야지. 그래야 천마를 제대로 보필하며 동도들을 낭떠러지로 안 이끌지.'

인상을 쓰면서도 부연호의 눈빛은 부드러워졌다.

그는 지금 춘추전국시대 초나라 장왕이 삼 년 동안 주색에 빠진 척하며 죽기를 각오하고 직언을 하는 충신과 달콤한 말만 골라 하는 간신배를 가려내어 삼년불비우불명(三年不飛又不鳴)이란 고사를 탄생시켰듯 자신 곁으로 몰려든 수많은 마도인들 중에서 옥석을 골라내고 있는 중이었다.

아직은 모든 것이 부족한 마도를 결집하여 최대한 빨리 초석을 굳히게 하려면 제대로 된 사람들을 골라 수뇌부를 구성하는 것이다. 그러기 위해서는 광대 노릇을 좀 더 해야 했다.

'이 짓도 쉬운 일이 아니야. 그나마 가면이 얼굴 반쪽을 가려주니 좀 낫군.'

부연호는 속으로 긴 한숨을 내쉬었다.

"말로만 충성하려면 하늘에 뜬 달인들 못 따다 주겠습니까? 지금 중요한 것은 사태를 정확히 판단하고 제대로 된 결정을 하는 것입니다. 그리고… 입에 쓴 약이 몸에 좋은 법입니다."

지상학도 엄한 눈빛을 하며 직언을 토해냈다. 옆에 있던 관동문도 무언가 못마땅한 표정과 함께 입맛만 다셨다.

'문주와 같이 있을 때는 걱정이 없었는데… 도저히 불안해

서 견딜 수가 없군.'

지상학의 눈에 그리움이 가득했다.

"누구냐!"

밖에서 보초를 서던 무사들의 고함 소리가 들렸다.

누군가 침입한 모양이었다.

퍼엉—

장력이 터지는 소리가 들려왔다. 그리고는 한꺼번에 여러 명이 바닥을 뒹구는 소리도 들렸다.

"이름만 거창하면 뭐하나. 주변을 이렇게 허술하게 해놓고 언제 죽는지도 모르고 죽어버리면 만사 도로아미타불이지."

신랄한 목소리가 들리며 한 인영이 천막 안으로 들어섰다.

"문주!"

"문주님!"

복지강과 지상학이 고함을 지르며 무영을 향해 마주쳐 갔다.

"하하하! 문주! 왜 안 오시나 했습니다."

관동문과 서문진충도 외줄타기를 하다가 땅에 내려선 사람처럼 안도의 한숨과 함께 웃음을 터뜨렸다.

'얼씨구!'

부연호의 눈이 위로 치켜졌다.

천마인 자신보다는 무영에게 더 깍듯하게 대하는 교도들을 보니 심통이 터지는 기분이었다.

우우웅—

언제 꺼냈는지 그의 손에 들린 마령패가 짙은 마기를 토해 냈다.

소련주의 권위를 상징하던 마령패는 천마십결의 무공과 접하며 진정한 가치를 발휘하여 지금은 마교주의 신패로 자리매 김하였다.

"천마강림! 마도성세!"

마령패를 본 마도인들이 모두 오체투지했다.

"어째 자네보다 저 돌이 더 권위가 있는 것 같군!"

무영이 조소와 함께 말했다.

"무엄하도다! 감히 천마에게……."

부연호는 무영을 향해서도 마령패를 흔들었다. 그리고는 피식 미소를 지었다.

"오늘쯤 올 줄 알았지. 그래, 내가 차린 밥상이 어떤가? 뒤통수나 치는 정파 나부랭이들보다는 옛 친구가 더 믿음직하지. 안 그런가? 하하하!"

부연호는 무영의 속을 읽고 있는 듯 말하며 통쾌한 웃음을 터뜨렸다.

이제 정파가 등을 돌린 상태에서 파황성문만으로는 무황성을 칠 수 없다. 마교의 도움이 절실한 차에 부연호가 먼저 나섰으니 그의 말대로 밥상을 차린 격이었다.

"오랜만이오, 천마 어르신!"

오인목이 화연옥과 같이 들어서며 장난스런 미소와 함께 깊이 고개를 숙였다.

"이런, 이런! 자네하고 나하고 자리가 바뀐 것 같아. 자네가 이 사람들하고 여기 있게. 내가 파황문으로 갈 테니."

같이 고개를 숙이며 답례를 한 부연호가 무영을 향해 너스레를 떨었다.

"반갑소이다, 천마!"

조양방 태상방주 염천기와 공야흠이 무장을 한 채 들어섰다. 그 뒤를 따라 염지란과 염예령, 천종화, 그리고 염천기의 아들들도 중무장으로 따라 들어왔다.

"아무래도 난 파황문이 더 끌려!"

염예령과 염지란 등을 쳐다본 부연호가 이젠 정색을 하며 말했다.

"그건 정말 우리가 하고 싶은 말이오, 교주!"

지상학도 정색을 하며 목소리를 높였다.

"쩝! 천마는 천만데…… 천마가 아니니……."

부연호는 혀를 차며 꽁지를 내렸다.

第九十七章
장홍관일(長虹貫日)

장흥관일

"쏘아라!"

부연호의 고함에 따라 투석기가 작동하며 아름드리 바위가 허공을 날았다. 뒤를 이어 기름을 가득 담고 봉해진 항아리들이 심지에 불이 붙은 채 날았다.

순식간에 무황성의 여러 건물 지붕 위로 검은 연기가 치솟아올랐다.

그래도 무황성은 쥐 죽은 듯이 조용하며 아무런 반격이 없었다.

"잠시 기다리게."

무영이 부연호를 향해 손짓을 한 후 천천히 무황성의 정문을 향해 걸음을 옮겼다.

무영이 몇 걸음 더 전진하는 순간!

휘이익!

바람에 옷자락이 날리는 소리와 함께 백 명도 넘는 인영들이 성벽 위에서 날아내렸다.

파황문과 마교 사람들의 눈이 두 배로 커졌다.

성벽 끝에서 땅까지 높이는 무려 이십 장은 되어 보였다. 그런데도 그들은 조금도 주저하지 않고 뛰어내렸다.

파파파파!

벽을 박차는 소리가 마치 콩을 볶는 소리처럼 연속적으로 터져 나왔다.

성벽 위에서 뛰어내린 인영들이 중간에서 성벽을 박차며 떨어져 내리는 속도를 조절하는 것이다.

무영의 눈이 차갑게 빛났다.

썩어도 준치라고 했다.

그동안 무황성이 정파무림 곳곳에 이리저리 뿌리 내려놓은 동조 세력들은 다 잘렸지만 무황성 자체 내에만 해도 저런 고수들이 도사리고 있는 것이다.

저들은 아마도 각 전각의 각주 및 단주들과 대주들일 것이다.

놈들의 의도가 느껴졌다.

초반에 절정 고수들을 투입하여 이리저리 휘저어놓은 후 한꺼번에 몰려나와 쓸어버리겠다는 심산이었다.

숫자는 마교도들과 파황문이 몇 배로 많았지만 절정고수들은 저들이 몇 배는 더 많았다.

저들이 갑자기 전열 속으로 뛰어들어 마구잡이로 휘젓는다면 대번에 전열이 흐트러질 것이고 사기가 떨어진 그때 무황성의 전력이 모두 튀어나올 것이다.

"수고스럽긴 하지만 예봉은 자네와 본좌가 꺾어놓아야 하겠지?"

무영 옆으로 다가온 부연호가 목을 이리저리 돌리며 말했다.

"천마께서 초장부터 나서면 품위가 떨어지는 것 아닌가?"

무영이 빈정거렸다.

"어쩌겠나. 때를 잘못 만나면 천마도 괭이질, 호미질을 해야지."

부연호는 쌍장을 쭈욱 내밀었다.

퀴우우웅—

호곡성과 같은 파공음이 울리며 부연호의 손바닥에서 혈무가 피어올랐다.

포연처럼 피어오른 혈무는 순식간에 괴수 모양으로 변해 거대한 아가리를 벌리고 무황성 무사들을 향해 덮쳐들었다.

"으아악!"

"아악!"

혈무에 뒤덮인 무황성 무사들이 칠공에서 피를 토하며 쓰러졌다.

예전의 부연호에게서는 볼 수 없었던 가공할 초식이었다.

탁본 속에 있던 천마십결의 무공이 분명했다.

아직 제대로 다듬어지지 않은 상태에서도 저 정도라면 나중에는 엄청난 위력을 발휘할 것 같았다.

"와아아!"

천마 무공의 위력을 견식한 마도인들이 환호성을 질렀다.

지금까지의 마도 무공과는 격이 다른 진정한 천마의 무공!

그것이 있는 한 마도성세는 불을 보듯 뻔했다. 단지 천마라는 사람이 너무 싱거운 것이 한 가지 아쉬움이지만…….

"감히 천마 앞으로 달려들다니… 모두 지옥으로 보내주마!"

마도인들의 함성에 고무된 듯 부연호는 다시 쌍장을 내밀었다.

우우웅—

이번에는 시커먼 흑무가 터져 나갔다.

흑무의 위력에 혼쭐이 난 무황성 무사들이 급급히 좌우로 갈라졌다.

부연호가 다시 손을 흔들었다.

한 곳을 향해 쏘아져 나가던 흑무가 부채를 펼치듯 활짝 펼쳐졌다.

츠츠츠츠—

"한꺼번에 자르며 치고 나간다!"

고함 소리와 함께 무황성 무사들이 세차게 검을 휘두르며 그대로 돌진했다.

차아악—

비단천이 찢어지는 듯한 소리와 함께 흑무가 갈기갈기 찢어졌다. 그리고 그 사이로 무황성 무사들이 바람처럼 쇄도해 왔다.

"이런!"

부연호가 신음성을 토했다.

놈들의 무위가 절대로 만만치 않았다.

처음에는 방심하다가 당했지만 당장 대처를 하며 달려오고 있었다.

[작전대로 시행하시오!]

무영이 천종화에게 전음을 보냈다.

둥!

북소리가 울리며 마교도와 파황문도들이 어지럽게 움직이며 뒤로 물러나기 시작했다. 그리고는 양손을 들어 귀를 틀어막았다.

쎄애액—

귀를 찢을 듯한 파공음이 울렸다.

묵빛과 연초록의 옥빛이 뒤섞이며 긴 띠를 만들었다. 그리고 달려오는 무황성의 무사들을 감싸듯 밀려갔다.

"크악!"

"아아악!"

"아악!"

처절한 비명이 울리며 스무 명도 넘는 무황성 무사들이 목을 부여잡고 바닥을 뒹굴었다. 그들의 목덜미에서는 하나같이 피분수가 솟아올랐다.

쌔애액―

다시 고막을 찢는 파공음이 들렸다.

그 사이로 두 명의 무황성 무사가 귀를 틀어막으며 쓰러졌다. 원앙탈명륜이 뿜어내는 음파만으로도 그들은 치명상을 입은 것이다.

털썩!

털썩!

이번에는 다섯 명의 사내들이 목에서 피분수를 내뿜으며 쓰러졌다.

달려나오던 무황성 무사들이 주춤 움직임을 멈추었다.

가공할 암기가 언제 자신의 목을 노릴지 몰랐기 때문이다.

쌔애액―

다시 파공음이 터져 나왔다.

이번에는 세 명밖에 쓰러지지 않았지만 파죽지세로 달려나오던 무황성 무사들이 처음으로 후퇴를 했다.

예봉이 꺾인 것이다.

그것이 중요했다. 그렇게 되면 숫자가 많은 쪽이 유리할 수도 있었다.

콰아앙―

무영의 손에서 장력이 터졌다.

제일 앞에 있던 사내 하나가 가랑잎이 날리듯 뒤로 날아갔다.

파앙!

파파팡!

장력이 숨 쉴 틈 없이 연속적으로 터졌다.

복지강을 비롯한 다섯 마도인들의 호흡을 틀어막던 가공할 만한 연환장이었다.

극강의 힘을 가진 장력이 그렇게 연달아 터질 것이라고는 생각지 못한 사내들의 가슴이 계속해서 터져 나가며 바닥이 피로 물들었다.

무영의 신형이 미끄러지듯 앞으로 치고 나갔다.

"여기도 있다!"

마영보(魔影步)를 밟은 부연호도 유령처럼 앞으로 나아갔다.

저돌적으로 달려들던 무황성 무사들이 주춤 뒤로 밀렸다.

절대적인 무위 앞에 그들은 본능적인 공포를 느낀 것이다.

양떼들은 아무리 숫자가 많아도 호랑이 한 마리를 이길 수 없다.

지금이 바로 그런 상황이었다.

"물러서라!"

누군가 고함을 질렀다.

"늦었어!"

냉소와 함께 무영이 두 손을 어지럽게 흔들었다.

한 손에서는 강력한 장력이, 다른 손에서는 원앙탈명륜이 허공을 격하고 터져 나갔다.

부연호의 손에서도 혈마귀환의 초식이 터지며 세상을 붉게 물들였다.

퍼퍼퍼퍼퍽!

파육음이 연달아 터져 나오며 수십 명의 사내들이 바닥을 굴렀다.

"쳐라!"

고함 소리와 함께 마교도들과 파황성 문도들이 미친 듯이 뛰쳐나갔다. 사기가 충천할 대로 충천한 그들은 더 이상은 피가 끓어올라 참을 수가 없었던 것이다.

무영과 부연호가 손을 들어 올렸지만 제방이 터진 물과 마찬가지였다.

"지금부터는 우리 몫입니다. 천마님은 뒤에서 쉬십시오. 어서요!"

누군가 고함을 치며 부연호를 밀쳤다.

"문주님도 마찬가집니다!"

무영도 부연호와 함께 질질 끌리다시피 하며 뒤로 물러났다.

*　　　*　　　*

"상황은?"

요화극의 위치를 대신한 내밀원주 정천해(鄭川解)가 물었다.

"혼전 중입니다!"

흑룡각주 이산경(李傘慶)이 답했다.

"혼전이라……."

정천해는 눈살을 찌푸렸다.

현재 무황성에서 가동할 수 있는 최정예를 뽑아 내보냈다. 장기전으로 가면 어떨지 모르겠지만 초반에는 막 활시위를 떠 나보낸 화살처럼 거칠 것이 없어야 한다. 그런데도 혼전 중이라면 이젠 밀릴 일만 남았다.

"그놈들 때문에 예봉이 꺾이며 초반 기세를 살리지 못했습니다."

이산경이 우울한 목소리와 함께 시선을 돌렸다.

셋째 딸이 눈앞에서 자진을 하고 난 후부터 단목상군은 허깨비처럼 등을 돌려 자신의 처소로 들어간 후 지금까지 단 한 번도 나오지 않았다. 시비들이 음식을 가져가도 두고 가라는 말만 한 채 문을 열지 않았다.

처음에는 물밖에 마시지 않고 음식을 그대로 내보냈다. 그러다가 최근에는 죽지 않을 정도로 이틀에 한 끼 정도만 비웠다.

고립무원이 된 상태에서 무황성의 두뇌라 할 수 있는 요화극이 조화민에 의해 목이 떨어지고 성주마저 칩거에 들어가자 사기가 떨어질 대로 떨어진 무황성은 풍전등화와 같은 위기감을 느꼈다.

그런 와중에 마교가 천마령으로 무황성과 단목상군에게 영원한 사망령을 내렸다.

마교의 복수가 어떤 것인지 잘 아는 그들은 공포감을 느끼기 시작했고 서서히 분열되어 갔다. 급기야는 주전파와 화친파, 양쪽으로 갈리며 대립하기까지 했다.

마도인들이 모두 몰려와 포위망을 형성하자 겨우 분열된 내부를 정비하고 전투 준비를 했지만 역부족을 느꼈다.

천마와 파황객!

두 절대고수의 존재는 무황성의 모든 고수들에게 먹구름 같은 불안감을 느끼게 만들었다. 그 불안감을 걷어내 줄 사람은 성주 단목상군뿐이다. 단목상군이 지금처럼 계속해서 자신의 처소에만 틀어박혀 있다면 무황성은 스스로 붕괴되고 말 것이다.

"일진이 모두 무너졌습니다!"

무사 하나가 뛰어들어 와 헐떡거리며 보고를 했다.

정천해와 이산경은 침묵을 지켰다.

예상대로 예봉이 꺾이며 모두 전멸한 것이다.

이젠 전략도 작전도 없는 피의 전면전만 남은 것이다. 그리고는 모두 전멸할 것이다.

"즉시 다음 전투를 준비하게."

정천해가 단호하게 말했다.

"알겠습니다!"

이산경이 고개를 숙인 후 몸을 일으켰다.

"그럴 필요 없네!"

문이 열리며 단목상군이 들어왔다.

"서, 성주님!"

"성주!"

정천해와 이산경이 작살에 맞은 듯 허리를 숙였다.

"성문 앞에 대기한 무사들을 모두 안채로 물리고 내 명령을
기다리라 하게."

"하지만……."

"그러면 놈들이 물밀듯이 밀려들어 올 것입니다."

이산경과 정천해가 놀란 표정으로 목소리를 높였다.

"지시한 대로 시행하게!"

단목상군의 눈이 번쩍하고 섬광을 토했다.

"존명!"

두 사람이 동시에 머리를 바닥에 찧은 후 밖으로 나갔다.

"날씨가 좋군!"

창밖을 응시하며 낮게 중얼거린 단목상군이 벽 위쪽을 쳐다
보았다.

수신제가치국평천하(修身齊家治國平天下).

액자 속의 글자가 선명하게 눈에 들어왔다.

그 글자를 본 단목상군의 눈이 회색으로 빛났다. 마치 지금
현재 자신의 처지를 질책하는 것 같았다.

천하를 얻으려 매진하다 가족의 신뢰를 잃었다.

가족의 신뢰가 깨어지자 부하들의 신뢰도 급격히 무너졌다.

"정작 중요한 것은 놓치고 허상만 쫓아왔군."

단목상군이 나직하게 중얼거렸다.

*　　　*　　　*

"와아!"

"와!"

압도적인 승리를 거둔 마도와 파황문의 문도들이 하늘이 무너질 듯 고함을 질렀다.

성벽 위에서 야조처럼 뛰어내리는 놈들을 볼 때는 가슴이 철렁하며 잘못하면 지리멸렬할 수도 있겠다는 위기감이 들었다.

그러나 천마와 파황객의 존재로 인해 순식간에 상황이 반전되었고 사기가 올라 완벽한 승리를 거두었다.

이젠 그 어떤 놈들이 달려나와도 하나도 겁나지 않았다. 그리고 승리는 시간문제라는 자신감이 모든 사람들의 가슴을 가득 채웠다.

"여세를 몰아 모두 전멸시키자!"

"무황성 놈들을 모조리 죽여 동도들의 원한을 갚자!"

"와아!"

"와!"

피 냄새에 광분되고 승리감에 도취된 사람들이 야수처럼 눈을 번득이며 미친 듯이 고함을 질렀다. 이런 상태라면 맨몸으로도 성벽을 무너뜨릴 것 같았다.

쌔애액—

갑자기 파공음이 들리며 광분했던 사람들이 두 손으로 귀를 싸잡고 쓰러졌다.

광기를 가라앉히기 위해 무영이 원앙탈명륜에 음파를 가득 실어 던진 것이다.

쌔애액—

파공음이 한 번 더 터져 나오자 불길처럼 일렁거리던 광기가 가라앉고 쥐 죽은 듯한 정적이 내려앉았다.

원앙탈명륜을 품속에 갈무리한 무영이 한 곳에 시선을 고정한 채 천천히 걸어나왔다.

아직도 귀를 틀어막고 있던 사람들도 무영의 시선이 향한 곳으로 고개를 돌렸다.

무황성의 높은 성벽 위에 한 사람이 장삼 자락을 휘날리며 표표히 서 있었다.

미친 듯이 광분하던 사람들이 자신도 모르게 주춤거리며 뒷걸음질을 쳤다.

가만히 서 있는 것만으로도 태산이 무너져 몰려오는 듯한 기도!

무황성주 단목상군이었다.

"올라오겠나?"

단목상군이 나지막하게 말했다. 그러나 그 음성은 수만 마도인과 파황문도들은 물론 무황성의 내당으로 물러난 무사들 개개인에게 하나도 빠짐없이 들렸다.

무영이 천천히 걸음을 옮겼다.

"흉계가 있을지 모르네. 그러니 같이 가세."

부연호가 경고를 하며 나섰다.

"그 정도라면 혼자서 저곳에 오르지도 못했을 걸세."

무영이 손을 들어 부연호를 제지했다.

"내가 더 원한이 깊네."

부연호가 여전히 걸음을 멈추지 않았다.

"나에게 맡겨두게. 부탁일세!"

'부탁?'

부연호가 주춤 걸음을 멈추었다.

죽어도 부탁 같은 건 안 할 인간으로 알았다.

언제나 서로 합당한 대가를 주고받으며 지금까지 걸어왔다.

부연호는 얼어붙은 듯 더 이상 움직이지 못했다.

"결국 이렇게 될 걸 너무 길게 돌아왔네."

성벽 꼭대기에서 무영과 마주 선 단목상군이 담담하게 말했다.

"세상일이 다 그렇지요. 지나고 보면 아무것도 아닌데 그 순간에는 목을 달아매지요."

무영도 담담하게 대꾸했다.

"그렇더군. 자넨 이른 나이에 그걸 깨우쳤으니 나보다는 몇 배로 현명한 삶을 살았네."

단목상군이 고개를 끄덕였다.

"말은 그렇게 했지만 닥치면 또 목을 달아매겠지요."

"그렇지. 그래서 인간이지. 후후!"

단목상군이 허허로운 웃음을 흘렸다.

"부탁을 하나 해도 되겠나?"

"하시지요."

"내가 지면 다른 사람들은 놔두게. 모든 게 자네와 나 사이의 일이 아닌가."

"황금 가면을 쓴 저 친구도 있지요."

무영이 부연호가 있는 쪽으로 고개를 돌렸다.

"그 친구는 자네 하기에 달린 것 아닌가?"

"왜 진다고 생각하십니까?"

"글쎄… 그건 나도 모르겠네. 아무래도 지친 모양일세."

"기력을 회복하기 전에 선수를 펼쳐야겠군요."

"그것도 좋겠지. 하지만 서두를 필요 없네. 천 년이 지나도 회복이 안 되는 피로도 있으니까."

"……."

"내 딸아이……."

단목상군의 말이 잠시 끊어졌다.

"자네를 만나 철이 들었더군. 못난 아비 때문에……."

단목상군은 말을 맺지 못했다.

"모르셨습니까? 그 딸이 목숨을 내놓고 가족은 살려달라고 내게서 약속을 받아냈지요. 저 친구에게도 마찬가지고."

"그랬…… 군. 그럼 홀가분하게 시작할 수 있겠군. 시작함세!"

단목상군이 두 손을 들어 올렸다.

"시작이다!"

목이 꺾어져라 성벽 위를 쳐다보던 누군가가 소리를 질렀다.

모두들 숨을 멈추며 두 사람의 움직임을 쳐다보고 있었다.

그러나 똑같이 쌍장을 가슴에 모은 두 사람은 섣불리 움직이지 않았다.

일각이 지나도 그 자세를 유지했다.

이각이 지나도 마찬가지였다.

한 시진이 지났을 때는 마도와 파황문의 문도들 반이 바닥에 주저앉았다.

두 시진이 지나자 부연호와 화연옥 등 몇 명만 서 있고 모두 주저앉았다. 그럼에도 불구하고 무영과 단목상군은 미동도 않고 처음의 자세 그대로를 유지하고 있었다.

밤이 지나고 아침이 밝아왔다.

이젠 부연호와 화연옥, 오인목 등도 앉을 수밖에 없었다. 다른 사람들은 쓰러져 있었다.

다시 어둠이 몰려왔을 때는 모두 코를 골거나 바닥에 나뒹굴었다.

콰앙!

새벽이 되자 마른하늘에 뇌성벽력이 쳤다.

"뭐, 뭐야? 마른하늘에 웬 날벼락이냐?"

"우비를 챙겨라!"

잠에 빠져들었던 마도와 파황문도들이 하늘을 쳐다보며 고함을 질렀다.

그때 한 사람이 성벽 아래로 떨어져 내렸다. 그리고 다른 한 사람이 비조처럼 몸을 날려 떨어져 내리는 인영을 낚아챘다.

"벼락이 아니라 대결이다. 누군가 떨어졌다!"

비로소 상황을 파악한 사람들이 고함을 지르며 미친 듯이 달려갔다.

"공자님!"

화연옥이 찢어져라 고함을 질렀다.

무영이 축 늘어진 단목상군을 허리에 끼고 서 있었다.

"자네가 이겼군. 그럴 줄 알았네."

부연호가 이글거리는 눈으로 늘어져 있는 단목상군을 쳐다보았다.

미약하지만 오르내리는 가슴으로 보아 숨은 붙어 있는 것 같았다.

"역시 자네야. 내 몫까지 남겨놓았군."

부연호의 눈이 혈광을 토했다.

단목진희와의 약속 때문에 가족들은 건드리지 않겠지만 단목상군의 목만큼은 양보할 수가 없었다. 그 목을 베어 총단의 제단에 올려야 사무친 한이 만 분의 일이나마 풀릴 것이다.

"죽여라!"

"저놈의 목을 쳐서 동도들의 한을 달래자."

"어서 목을 치십시오, 교주!"

마도인들이 모두 칼을 빼 들고 몰려오며 고함을 쳤다.

"물러서게!"

다가오는 부연호를 향해 무영이 단호하게 소리를 쳤다.

"왜 그러나? 갑자기 정인군자가 되기로 작정했나?"

부연호가 눈살을 찌푸렸다.

"반년만 살려주게. 그다음엔 자네 뜻대로 하겠네."

무영이 부연호를 정시하며 말했다.

"반년?"

부연호가 더 깊게 눈살을 찌푸렸다.

저런 인간이 반년이나 더 살아 있다면 또 무슨 일이 생길지 모른다.

"내 인내력을 시험하지 말게. 이젠 한계에 달했다네. 저들도 마찬가지고."

부연호는 몰려드는 마도인들에게로 시선을 던졌다.

"제발 부탁일세. 반년만 시간을 주게!"

무영의 눈빛이 처절하게 변했다.

'뭔가 이건?'

부연호가 놀란 눈으로 무영을 쳐다보았다.

벌써 두 번째 부탁이다. 그리고 저런 처절한 눈은 본 적이 없다.

"알겠네. 친…… 구!"

부연호가 빙글 등을 돌리며 마령패를 꺼내 하늘로 쳐들었다.

우우우!

마령패에서 흘러나오는 마기가 온 사방을 잠식해 들었다.

광기 어린 눈으로 몰려오던 마도인들이 모두 오체투지했다.

"천마의 이름으로 명하노니!"

부연호의 몸에서 피어오른 지독한 마기에 땅거죽이 터져 올랐다.

하루가 다르게 천마의 위용을 갖추어가고 있었다.

"누구든 내 친구의 말을 거역하는 자는 내 손으로 삼족을 멸하겠다."

"천마강림! 마도성세!"

마도인들의 고함이 무황성을 무너뜨릴 듯 울려 퍼졌다.

第九十八章
천산(天山)의 연인(戀人)

장흥관일

"돌아왔소, 운지."

―공자님 어쩌자고…….

"어쩌긴……. 이젠 함께 있어야지."

―공자님 제발! 절 잊고…….

"춥지 않소?"

―공자님…….

"이젠 같이 지내는 거요. 그동안 너무 오래 떨어져 있었소. 다시는 떨어지지 맙시다."

―안 됩니다, 공자님! 공자님이 회수해 온 순음지기로 의식은 이어졌지만 저는 이 옥음지의 옥음수 속에서 평생을 누워 지내야 하는걸요. 눈을 떠서 공자님을 볼 수도, 손을 뻗어 만질

수도 없는 걸요.

"대신 내가 당신을 하루 종일 쳐다봐 주겠소. 그리고 당신 눈이 되어 내가 본 아름다운 세상의 사철 풍경들을 본 듯이 설명해 주겠소. 지금 이곳은 함박눈이 온 계곡을 덮어 백설의 세상이 되었소. 뭐 이곳은 항상 그렇지만······."

─공자님, 제발······.

"이젠 좀 쉬시오. 아직은 심령술로 대화를 나누는 것도 힘들 것이오. 좀 더 지나면 하루 종일 대화할 수 있겠지만 지금은 무리요."

─당신은 평생 이곳에 갇혀 얼음 인간이 되어서는 안 되는 사람이에요.

"당신이 있는데 내가 왜 얼음인간이 되겠소. 최근 몇 년 동안이 얼음인간이었소. 이젠 예전의 내 모습으로 되돌아갈 것이오. 기대해도 좋소. 하하!"

─공자님······ 흑!

"그만 쉬시오. 나도 눈 좀 붙여야 되겠소. 자고 일어나서 그동안 내가 겪은 중원 얘기를 들려주겠소. 그곳에는 반쪽짜리 황금 가면을 쓴 덜떨어진 괴물도 있고, 반인반어의 괴수도 있소. 또 아무리 가르쳐도 진도가 안 나가는 내 제자 놈도 있소. 그리고 자기 교주보다 나를 더 존경하는 마인 같지 않은 사람들도 많소. 아마 평생 심심하지 않을 것이오. 그만 잡시다."

"미친 새끼! 이 곰보다 더 미련한 망할 자식아!"

부연호가 옥음지의 계곡이 무너져라 고함을 지르며 눈밭을 향해 장력을 날렸다.

바닥에 쌓인 눈이 비명을 지르며 하늘로 치솟아올랐다.

"우리 사부 어떻게 합니까, 천마님? 평생 저곳에서 저렇게 살아가는 겁니까? 말 좀 해주십시오, 천마님!"

눈물 콧물로 범벅이 된 마소창이 부연호의 다리를 붙잡고 악을 썼다.

"네놈 사부면 네가 더 잘 알 것이 아니냐! 왜 나보고 지랄이냐!"

부연호가 막말을 내뱉으며 다리를 붙잡은 마소창을 걷어찼다.

"친구 아닙니까. 친구라면 데리고 나올 수 있을 것 아닙니까?"

저만치 밀려났던 마소창이 다시 부연호의 다리를 잡고 늘어졌다.

"이제부터 저 새끼 내 친구 아냐! 저런 놈을 길게 친구로 두었다간 가슴 다 망가지고 말거다. 이젠 의절이다. 까마득히 잊어버리겠다."

부연호는 마소창을 다리에 매단 채 질질 끌고 걸음을 옮겼다.

"너무… 정말 너무 예뻐요. 하지만 우리 사형… 불쌍해서 어떡해요. 으아앙!"

유자인이 눈밭에 주저앉아 대성통곡을 했다.

"흑!"

마침내 화연옥도 억눌린 울음을 터뜨렸다. 염예령과 염지란도 손수건으로 연신 눈물 콧물을 찍어냈다.

"휴우—"

오인목이 긴 한숨을 토해냈다.

복지강과 지상학 등도 같이 한숨을 토하며 하늘만 쳐다보았다.

"이 개 같은 놈!"

구현목이 한쪽에 쪼그라들어 있는 단목상군의 몸뚱어리를 걷어찼다.

"개가 뭘 잘못했다고 개에 비유하는 것입니까."

관동문도 고함을 지르며 단목상군의 몸뚱어리에 침을 뱉었다.

그렇게 모두들 악을 쓰며 가슴을 두드렸다.

"뒤에 다시 오기로 하고, 오늘은 이만 가도록 합시다. 백 년이 지나도 안 변하는 사람은 안 변한다오. 우리는 가슴이 무너질 듯 답답할지 몰라도 저렇게 행복한 모습은 처음이오. 어쩌면 이곳이 그에게는 가장 행복한 곳일지도 모르지요."

조양방 수석장로 공야흠이 붉게 물드는 서산을 쳐다보며 말했다.

"언제 또 올 수 있을까? 이곳 천산에서 우리 집까지 거리가 얼만데……."

조양방 태상방주 염천기도 점점 더 짙어지는 노을을 바라보며 쓸쓸히 웃었다.

"어서 갑시다. 내일부터는 빙한풍이 불어온다고 했으니 공력이 약한 우리는 견딜 수가 없소. 한시라도 빨리 걸음을 옮겨야 하오."

공야흠이 거듭 재촉했다.

"망할 놈! 오늘은 이만 가겠지만 다시 왔을 땐 절대로 가만두지 않겠다."

부연호의 고함 소리가 점점 멀어져 갔다.

―공자님.

"일어났구려. 춥지 않소?"

―전 추위도 못 느껴요. 추운 건 공자님이죠.

"전혀 춥지 않소. 어제 어디까지 얘기했더라……. 그렇지. 그 반쪽 가면 쓴 덜떨어진 놈이 얼마나 여자들에게 치근거리냐 하면 말이오. 중원 여자들이 그놈 피해 도망 다니느라 살이 다 빠져 지금은 뚱보 찾기가 힘들어졌소."

―설마요.

"조금 과장되긴 했지만 그놈은 그런 놈이오."

―친구라면서요?

"뭐 그렇긴 하지만……."

―유유상종이라던데…….

"얘기가 또 그렇게 되나?"

―푸훗!

　나지막하게 소곤거리는 목소리가 빙한풍을 타고 천산 계곡을 감돌았다.

『장홍관일』 완결

장강삼협
長江三峽

조돈형 新무협 판타지 소설

『궁귀검신』, 『마도십병』, 『운룡쟁천』의
작가 **조돈형**
그가 장강의 사나이들과 함께 돌아왔다!

굽이쳐 흐르는 거대한 장강의 흐름 속에서
선혈처럼 피어나 유성처럼 지는 사내들의 향취!

장강삼협(長江三峽)!

하늘 아래 누구보다 올곧았던 아버지의 시신을 이끌고
고향으로 돌아온 유대웅을 기다리고 있던 것은
천오백 년의 시공을 뛰어넘은 패왕(霸王)의 무(武)와 검(劍)!

패왕칠검(霸王七劍)과 팔뢰진천(八雷振天)의 무위 아래
천하제일검(天下第一劍)으로 우뚝 설 한 소년의 일대기!

장강의 수류는 대륙을 가로질러
이윽고 역사가 된다!

Book Publishing CHUNGEORAM

유행이 아닌 자유추구
WWW.chungeoram.com

시필천하

눈매 新무협 판타지 소설

글을 적는 것으로 진의(眞意)를 깨우치는 기재(奇才).
일필득도(一筆得道)의 능력을 가진 양진양!
글자 하나에서도 철학을 읽고, 한 줄의 글귀에도 의지와 정을 담아낸다.

글씨는 마음을 그리는 것이요, 글은 사람을 귀하게 하는 법.

공력은 글씨 안에 있으니,
흘러가는 필획에서 깨달음과 내공을 얻고,
견실한 붓놀림 속에서 천하 무공이 탄생하리라!

기존의 무협은 잊어라!
하얀 종이 위에 써 내려가는 신필천하의 신화가 시작된다!

Book Publishing CHUNGEORAM

유행이 아닌 자유추구 -
WWW.chungeoram.com